Eduard Maria Schranka

Die Suppe

Ein Stückchen Kulturgeschichte

Eduard Maria Schranka

Die Suppe
Ein Stückchen Kulturgeschichte

ISBN/EAN: 9783743654228

Hergestellt in Europa, USA, Kanada, Australien, Japan

Cover: Foto ©Andreas Hilbeck / pixelio.de

Weitere Bücher finden Sie auf **www.hansebooks.com**

Die Suppe.

Die Suppe.

Ein Stückchen Kulturgeschichte.

Von

Dr. Eduard Maria Schranka

Verfasser des Buchs vom Bier.

Zweite Auflage.

Berlin.
Verlag von Hans Lüstenöder.
1890.

Den Manen

Eduard Maria Oettingers,

dem gaftronomifchen Demofrit

und

Verfaffer von Onkel Zebra

dedicirt.

Vorrede.

Als meine Suppe das erstemal vor mehreren Jahren in der Wiener Hausfrauen-Zeitung als bescheidenes Feuilleton erschien, war es nur eine kleine Portion, die ich meinen Lesern auftischen konnte. Nichtsdestoweniger erfuhr ich die Freude, daß selbe des Oefteren aufgewärmt, d. h. in diversen Blättern abgedruckt wurde. Endlich ließ ich sie, gelegentlich eines vergrößerten Neudruckes in einem Prager Kalender, in bescheidener Auflage, im Selbstverlag als Separatabdruck, in Form einer Broschüre drucken. Sie erfuhr nur wenige, aber glänzende Recensionen, ja die Gartenlaube druckte einen Theil (die russischen Suppen betreffend) daraus ab, was den Ingrimm eines Petersburger Kaufmanns dermaßen hervorrief, daß er in arro-ganter Ignoranz meiner Studie Unrichtigkeiten vorzuwerfen wagte, worauf ihm seitens der Gartenlaube die gebührende Antwort und Belehrung, mir aber die Genugthuung wurde, die betreffende Arbeit stamme aus der Feder eines bewährten Kulturhistorikers.

In der That ist meine Suppe nicht etwa ein Kochbuch, über welches sich eine Köchin zu urtheilen anmaßen dürfte, sondern ein Stückchen Kulturgeschichte, auf Quellenstudium beruhend, das ich heute in bedeutend verbesserter und auf das Eingehendste vergrößerter zweiter Buchauflage der Presse meines Verlegers getrost übergebe in der Hoffnung, daß es seinen Weg finden möge zu interessirten Lesern, welche auch einem scheinbar unbedeutenden Gegenstande das Recht kulturhistorischer, populär gehaltener und doch wissenschaftlicher Forschung nicht absprechen.

Prag-Smichov, Ostern 1890.

Dr. Eduard Maria Schranka.

Ludwig Börne nennt an einer Stelle die Mehlspeisen die „Adagios der Tischsymphonie".

Könnte man nicht mit gleichem Rechte die Suppen als das Präludium, die Ouverture dieser Tischsymphonie bezeichnen?

Gewiß. Eine Mahlzeit ohne Suppe ist ein Buch ohne Titelblatt. Suppe ist das Subjekt, Rindfleisch das Prädikat und Gemüse ist die Copula, die das Rindfleisch mit dem Braten verbindet.

Auf einem altdeutschen Speisezettel, der sich betitelte: „Was's hinte zu essen gibbt" stand: „Zuirschte werd gesuppt."

Deßwegen wurde wohl auch schon die Frage aufgeworfen: „Kann man die Suppe das Obergericht nennen?"

Und in einem Bericht über ein Diner ge-
brauchte Referent die Phrase: „Die Suppe ging
anstandslos vorüber", worin ebenfalls der Beginn
des Eßtermins angedeutet erscheint.
Auch Sir H. Thompson meint: „Die Suppe
bildet den unvermeidlichen Anfang."
Aber wie „zwischen Lipp' und Kelchesrand",
sagt Geiler: „Zwischen Mund und Suppen,
vergehen viele Sachen."
Mit der Suppe beginnt das Mittagessen so-
wohl in der gewöhnlichen Hausmannskost, als
auch bei den größten Tafeln, obzwar man ganz
modern doch manchmal Assietten vorauszuschicken
pflegt.
Ebenso pflegt man zwischen der Suppe und
dem Rindfleisch einzuschieben und beispielsweise
versteht man unter Ramequins ein kleines Ge-
bäck, welches gleich nach der Suppe gereicht
wird. Solche, Zwischengerichte genannte Speisen
in der Skala des Menu's führen verschiedene
Namen, wie Entremets oder im Polnischen Prze-
kazki, d. h. Hindernisse, auch 'Hors d'oeuvres.
In Spanien und Schweden herrschte zwar
die Sitte, die Suppe zuletzt aufzutragen, und in

Jarkand soll die Reihenfolge der Gänge ganz umgekehrt sein, so daß man zuerst das Obst und zum Schlusse eine dicke Suppe, Suasch oder Sulasch, aus Reis und gehacktem Hammelfleisch, die mit hölzernen Löffeln gegessen wird, vorsetzt; ein rückläufiges (palindromes) Mittagessen möchte ich es nennen.

Heute verlangt es der gute Ton, die Suppe mit silbernen Löffeln zu essen. Ein Feinschmecker, dem man zumuthen wollte, eine Potage à la Julienne oder à la Camerain mit einem zinnernen oder kupfernen Löffel aufzuschöpfen, würde eine so krasse Zumuthung als die größte Ehrenkränkung ansehen. Suppenlöffel müssen von Silber, Salatlöffel von Schildkrot, Dessertlöffel von Gold sein.

Mancher leitet sogar die Abendmahlzeit mit einer Suppe ein. Ein französisches Sprichwort lautet:

Soupe le soir, soupe le matin
C'est l'ordinaire du bon chrétien.

Es giebt solche Suppenliebhaber, die vielleicht von dem Sprichworte ausgehen: „Wer lange Suppen ißt, der lebt lange". In Klöstern ist dies der Fall. Ein Schriftsteller des XIII. Jahr-

1*

hunderts erzählt, daß an den Tafeln der Höchsten
stets fünf bis sechs Suppen servirt wurden; hoffentlich mußte man nicht von allen nehmen.

Auch das Kapitel vom Serviren der Suppe
ist interessant und nicht Jedermann versteht es
so meisterhaft wie Halbmeyr in Klingers Hotel
in meinem heimatlichen Weltkurort Marienbad,
der an der table d'hôte mit einer Virtuosität,
die ihres Gleichen sucht, die Suppenteller füllt.

In einem Artikel „Wissenschaft und Küche",
nach dem Französischen des Anatole France erzählt
Jean Malic, durch welch' sinnreichen Mechanis-
mus jeder Gast gleichzeitig einen Teller Suppe
servirt erhielt.

Dieser Suppenluxus kam sogar auf einem
Konzile im Jahre 1304 zur Sprache und es wurde
den Klosterbrüdern verboten, an Wochentagen
mehr als eine Suppe zu essen.

In einigen Klöstern wurden auch gerade drei
Suppen zu Ehren der hl. Dreifaltigkeit gegessen.
Als sich der berühmte Du Guerclin zum Einzel-
kampf mit dem englischen Ritter Wilhelm von
Blancbourg vorbereitete, aß er vorher drei Wein-
suppen zur Ehre der göttlichen drei Personen.

Ein Gegenſtück zu dieſen freiwilligen Suppen-
eſſern bildet ein Suppeneſſer wider Willen, ein
Engländer, der ſich in einem Pariſer Reſtaurant
die Speiſekarte reichen ließ und der franzöſiſchen
Sprache nicht mächtig, auf die erſte Zeile wies;
er erhielt eine Hühnerſuppe; nun wies er auf
die zweite Zeile, worauf ihm eine Kohlſuppe
gebracht wurde; da verlangte er die in der dritten
Zeile bezeichnete Speiſe, worauf ihm der bereits
verwunderte Kellner eine Krebsſuppe vorſetzte;
er wies verzweiflungsvoll auf die vierte Zeile
und erhielt einen Teller Sagoſuppe. Da zeigte
er ärgerlich auf die letzte Zeile der ganzen Karte
und erhielt einen — Zahnſtocher.

Dieſe Suppenironie erinnert mich an eine
ähnliche, wo ein armer Mann nach dem Genuſſe
einer Waſſerſuppe emſig den Zahnſtocher ge-
brauchte und von ſeinem Weib gefragt, warum
er dies thue, zur Antwort gab: „Ich bilde mir
ſo ein, ich hätte Braten gegeſſen."

Ja, die Suppe iſt einer der wichtigſten Gänge,
ſie macht das Eſſen zum Mittageſſen, das Abend-
eſſen zum Souper, und wenn La Reynière's
Küchenkalender betont, nur beim Gabelfrühſtück

sei Suppe unzulässig, so widerspreche ich, denn
ich sah schon Vormittags Bouillon schlürfen, aber
noch nie eine Suppe zur Jause nehmen. Doch
muß ich mich theilweise corrigiren, denn ich selbst
wurde noch statt zum Nachmittagskaffee zu einer
Schale Gerstel eingeladen.

Endlich ist noch die Morgensuppe zu erwähnen,
meist Einbrennsuppen, welche aber heute durch
den modernen Kaffee fast überall verdrängt sind.

In der komisch stylisirten Einladungskarte:
„Zur ehelichen Verbindung meiner Tochter Rosa
mit Herrn Theodor Grün und einer Mittags-
suppe lade ich hiermit ein" ist also ein Tropus
pars pro toto enthalten, geradeso, wie wenn
man Jemand auf einen Löffel oder eine Schale
Suppe einladet.

In Victor Scheffels „Stilles Heim" findet
sich die Stelle:

> „Dem Rauchwölflein ob dem Kamin
> Sei fröhlich zugejodelt,
> Es kündet, in der Küche drin
> Die Mittagssuppe brodelt."

Diesem Tropus Suppe für das ganze Essen
begegnet man daher in den meisten Mahnungen

an Mädchen, sie mögen sich des Suppenkochens
befleißigen. So frägt Arthur von Coy:

> „Du Huldgestalt mit Lilienhänden
> Kannst Du auch festnähn einen Knopf?
> Verstehst den Braten Du zu wenden,
> Zu hüten auch den Suppentopf?"

Oder:

> „Schon die Geliebte mußt Du fragen,
> Ob sie im Kochen tüchtig sei?
> Ob sie die Suppe und den Braten
> Und den Fisch hat zugericht't;
> Hier heißt es Praxis, heißt es Thaten,
> Das spät're Brummen nützet nicht!"

In einem anderen dramatischen Gedicht zum
Polterabend frägt die Göttin der Kochkunst die
Braut:

> „Bist Du gewiß, daß in den Flitterwochen
> Dein Händchen eure Suppe nicht versalzt?"

Darum höhnt der Volksmund: „Die oder jene
denkt ans Heirathen und kann noch keine Wassersuppe kochen" und darum hatte Louise Eran
Recht, als sie ihre Widmung zu einem Kochbuche
ins „Für's Haus" geschrieben:

> „Schmeckt dem Mann die Suppe gut,
> Hat er frohen, heitern Muth.

Ist Gemüse, Fisch und Braten,
Nebst dem Beisatz wohlgerathen,
Ist die Tanne ganz vollkommen.

Ist die Suppe doch versalzen,
Und der Kohl nicht recht geschmalzen,
Dünkt's dem Manne doch nicht recht,
Und der Frau bekommt es schlecht.
D'rum laß Dir rathen, liebe Braut!
Lerne kochen Supp' und Kraut."

Seltsam, daß man unseren Schönen eine solche
Mahnung ertheilen muß, die schönste Frau Grie=
chenlands, Aspasia, die Freundin von Perikles und
Praxiteles soll es meisterlich verstanden haben,
eine herrliche Kraftbrühe aus Hühner= und Lamm=
fleisch zu kochen.

Köstlich schildert auch Eduard Pötzl in seinen
Humoresken „Rund um den Stephansthurm",
eine Geschichte aus der Wienerstadt, betitelt „Ein
Löffel Suppe".

Es ist darunter ein geradezu verschwenderisches
Gelage zu verstehen, aber der erste Gang ist fast
buchstäblich ein Löffel Suppe, eine Hühnerbouillon
mit je drei grünen Erbsen darin. Die drei Erbsen
sind das Vorrecht der feinen Welt. Der kleine
Adel ist gleichfalls noch an die drei Erbsen ge-

halten; der höhere Adel jedoch, meint Pötzl, hat
das Privilegium von zwei Erbsen. Eine einzige
Erbse in der Suppe zu führen ist nur den reichs-
unmittelbaren Fürsten und Grafen gestattet.
Madame Carvalho sang eines Abends, wie
„l'Événement" erzählt, die Partie der Lucia auf
einem Provinztheater und hatte sich bei einem in
der Nähe befindlichen Traiteur ihre Lieblingssuppe bestellt. Um neun Uhr rief der Restaurateur
seine Magd.

„Trage das zu Madame Mielan Carvalho,
Du kennst sie doch?" „Gewiß."

Die Suppe war vortrefflich und zeigte so
viele Augen, als Argus. Die Magd trug sie
wie das heil. Sterbesacrament und kam gerade
in dem Augenblicke an die Coulissen, wie Edgar
zu Lucia sagt:

„Zu Dir wird all' mein Leben,
Mein Hoffnungstraum sich heben."

Die Magd betrat entschlossen die Bühne, stellte
ihre Schüssel 'auf die Rasenbank, gegenüber der
Quelle, hob den Deckel ab, steckte den Löffel in die
dampfende Brühe und sagte gelassen: „Wenn Mon-
sieur und Madame fertig sind — da steht die Suppe."

Auch ein Extempore!

Diese Suppe kam zwar am Abend, aber doch noch zu früh; eine andere dürfte dagegen zu spät kommen: Ein zerstreuter Professor, eben in Berechnungen über das Wiedererscheinen eines Kometen vertieft, antwortete auf die Frage seiner Wirthschafterin, „wann soll ich die Suppe anrichten?" — „Am 27. September 1915."

Einzelne berühmte Personen waren besonders leidenschaftliche Suppenesser, so Melanchthon, dessen Lieblingssuppe die Gerstelsuppe war; in Tübingen, wo er studirte, gab er oft für einen Teller Suppe seine Portion Fleisch hin.

Auch Friedrich II. aß zuvor sehr viel Suppe, welche aus den stärksten und hitzigsten Dingen bestand, und er fügte gewöhnlich noch einen großen Löffel voll Muskatblüthe und Ingwer hinzu.

Auch die österreichische Kaiserin Elisabeth soll eine große Suppenfreundin sein.

Daß Kaiser Wilhelm trotz seines hohen Alters noch so frisch und rüstig war, sollte er, wie einige Eingeweihte der Welt verrathen haben, bekannten Kraftsuppen verdanken, die nach mit peinlicher Gewissenhaftigkeit beobachteten diätetischen An-

-ordnungen seines Leibarztes, Dr. Lauer, bereitet wurden. Sein Leibgericht waren zwei Teller Bouillon. Zu dieser Kraftsuppe wurden nur 12 Pfund Rindfleisch, 4 Tauben und 2 Hühner benützt.

Anders eine Anekdote von Leo XIII. Kleine Verdauungsstörungen brachten den Doktor zur Ueberzeugung, daß dem Papste die Fastenkost nicht bekomme. Resolut ging er zum Tische und schrieb sofort ein Recept nieder, welches er in die Hände Leo's XIII. legte. Die auf das Blatt geschriebenen Worte lauteten: „Mittags und Abends kräftige Fleischsuppe zu nehmen." Der Papst lächelte, klopfte seinem Arzte liebevoll auf die Schulter und meinte: „Die Ordination ist gut, aber die Ausführung ist schwierig, es gibt jetzt so viel Arbeit in den Küchen des Vatikans, daß die Leute kaum vor Ostersonntag das Rezept da werden fertig-stellen können."

Wohl erklärt Niemeyer die Suppenesserei für eine gesundheitswidrige Täuschung des Magens, doch spricht die Erfahrung gegen diese Suppen-feinde.

Sowie bei einzelnen Individuen, kann man

aber auch im Leben der Völker suppeneſſende.
Nationen unterſcheiden und ſolche, die wenig oder
gar keine Suppen lieben. Die erſteren können
wir ſuppende Völker nennen, mit Recht, da es
ein eigenes Zeitwort für „Suppeneſſen“ beſonders
in der Zuſammenſetzung „ausſuppen“ ſprich- und
mundartlich gibt, z. B.: „Was Du Dir eingebrockt, mußt Du auch ſelbſt ausſuppen.“ Auch für
das Ei wird das Verbum ausſuppen gebraucht.
Dieſes Sprichwort muß auch jener Bauer Johann
Choldar gekannt haben, der zur Zeit, wo die
Vögte des Biſchofs von Chur die Leute plagten,
als ihm ein übermüthiger Ritter in ſeine Suppe
ſpuckte, ſelbe dieſem drohend vorſetzte mit den
Worten: „Da friß die Suppe, die Du Dir ſelbſt
gewürzt!“

Auch ein Adjectivum „ſuppig“ oder „ſuppicht“,
ſoviel wie „flüſſig wie eine Suppe“ gibt es.
Das Wort „Suppe“ aber ſelbſt kommt von dem
italieniſchen Beiwort zuppo, zuppa, welches ſich
auf ſchwammige Körper bezieht, die eine beliebige
Feuchtigkeit angezogen haben. Für die Italiener
iſt heute noch nur die Brodſuppe die eigentliche
zuppa, alle anderen Suppen heißen minestra.

Dadurch hielt sich Rumohr in seinem „Geist der Kochkunst" berechtigt, die Brodsuppe als die Ursuppe der modernen Suppen zu bezeichnen. Manche leiten supen auch von saufen her; Souper hängt aber jedenfalls mit Suppe zusammen, weil man hauptsächlich Bouillons und Brodsuppen, sogenannte soupes aß.

Daß selbst orientalischen Völkern die Suppe nicht fremd ist, beweist, daß sie in ihren Sprachen eigene Ausdrücke dafür haben, so heißt im Neupersischen die Suppe Asch, der Koch ās-paez d. i. Suppenkocher, und eine türkische mit Fleisch einfach gekochte Suppe führt den Namen Jahna. Auch Tschorba heißt eine türkische Suppe und von ihr hat der Janitscharenoberst, der die Suppen vertheilt, den Titel Tschorbadschi, der Suppenvertheiler.*) Das in den Convict der Universität El Azhar in Kairo führende Thor wird „Bab esch Schurba", d. i. Suppenthor genannt.**) Andere

---

*) Man begegnet auch der Form Tschurbaki, wörtlich, der Suppengeber, worunter man die Vornehmen orientalischer Dörfer versteht.

**) Surpa, auch Sjurpa heißt eine Bouillon aus Schaffleisch mit Zimmt gewürzt, die Nahrung der Wöchnerinnen bei den Kirghisen.

Völker wieder sind keine besonderen Freunde von Suppen, z. B. die Engländer, obwohl wir auch britischen Suppen, ja sogar einer irischen, Sup o'brandy, Suppe mit Branntwein, begegnen.

Weber in seinen Gastron. Bildern sagt: „Ein Engländer würde verwundert sein, seine Mahlzeit mit einer Suppe beginnen zu müssen, und seinen Magen gewissermaßen zu foppen."

Der Engländer kocht seine Suppe im Magen und da ist er sicher, daß die Kraft nicht verfliege. Uebrigens ist die englische Suppe, im eigentlichen Sinne Beeftea genannt aus Knochen und aus jenem Fleisch hergestellt, das für Roastbeef, Beefsteak ꝛc. untauglich wäre.

Bei den Vorgängern der Engländer, bei den Angelsachsen, treffen wir zwei Suppen, bruce aus Schweinskopf und drore, eine Fleischbrühe mit Mandeln und eingekochten, kleinen Vögeln.

In manchen Gegenden Indiens, z. B. im Penschaver, ißt man Suppen nur äußerst selten und dann bei Gelegenheit großer Diners oder in Krankheitsfällen.

Die Spanier haben Suppen, besonders, wie die Italiener und überhaupt romanische Völker,

Reisſuppen, ſo auf den Balearen die ſafrange-
färbte Reisſopa, ja ein ſpaniſches Sprichwort ſagt
für unſer „Vom Regen bis auf die Haut durch-
näßt ſein" — „in eine Suppe verwandelt" —
„hechos una sopa".

Reisſuppen, dieſe werden unter die kräftigeren
gezählt, ſind auch das italieniſche Riſotto, das ſo-
genannte Risibisi und auch beim Kirmesſchmaus
im Voigtland ſpielt gerade eine Reisſuppe ihre
wichtige Rolle.

Nach einem Artikel, „Neapolitaniſche Küche",
aus dem Jtalieniſchen der Mathilde Serrao von
M. Garibaldi Gatti führt eine beſonders ſtark
mit Grünzeug hergerichtete grüne Reisſuppe den
Namen „minestra maretata" die „verheirathete
Suppe". Die Jtaliener, welche ihre ſämmtlichen
Suppen ſo ſcharf pfeffern und welche ſogar Viper-
brühen aufzuweiſen haben, verlangen von der
Suppe ſiebenerlei Dinge:

> Sette cose fa la zuppa:
> „Cara fame e sete attuta,
> Empie il ventre e netta il dente;
> Fa dormire, fa sinaltire
> E fa la guancia arrossire."

verdeuſcht:

„Sieben Geschäfte hat die Suppe erfüllt:
Den Hunger nimmt sie, den Durst sie stillt,
Füllt den Magen und reinigt den Zahn
Macht schlafen und daß man verdauen kann
Und färbt mit Gesundheit die Wangen an."

Und doch ist wieder im spanischen Amerika und in Mexiko die Suppe eine fast unbekannte Sache.

Wohl gibt es aber auch bei anderen amerikanischen Völkerschaften Suppen, freilich anderer Art als die unseren, so aus Pisangfrüchten und Yamswurzeln u. dergl., die zerquetscht und zerschnitten werden. Sie lehnen sich an die verschiedenen Obstsuppen norddeutscher Küche an, die da Apfelsuppen, Kirschsuppen, Aprikosensuppen kennt. Ja sogar ein Recept zu einer Kastanien- und selbst Chokoladensuppe las ich unlängst in einer Hausfrauenzeitung.

Cameron berichtet, daß in Centralafrika getrocknete Ameisen ein sehr gesuchter Handelsartikel seien, die man wegen Mangels an animalischer Nahrung in der Mehlsuppe ißt. Ameisensuppe und Mückenkuchen! Guten Appetit — chacun à son goût — essen doch die Hottentotten Heu-

schrecken in der Suppe gekocht und warum nicht,
wenn Europäer Maikäfersuppen essen? Hier wäre
auch das Mulligatavay oder die Currasuppe beim
Galadiner in Honolulu zu verzeichnen.

Das unmittelbare vis-à-vis der Briten (welche
Nation wir für keine besonderen Suppenfreunde
erklärten), die Franzosen, lieben wieder die Suppen
so sehr, daß „Jean Potage", unser „Johann-Süpp-
chen"*) geradezu der nationale Spitzname der
Franzosen geworden, der dem englischen John
Bull, holländischen Pickelhäring, deutschen Hans-
wurst u. dergl. (immer die Nation nach ihrer
Hauptlieblingsspeise benannt) entspricht.

Eufemia v. Kadriaffsky in ihrer historischen
Küche widmet der französischen potage verhältniß-
mäßig mehr Zeilen als irgend einer andern Suppe.
So behauptet sie, daß bereits die Gallier, als
Vorgänger der Franzosen, eine Brühe gekannt
haben dürften.

In der Liste des Ménagier findet sich die
gramose und die soupe dépourvue d. h. entblößte

---

*) Wir begegnen auch Hans Supp und in dem
Leipziger Schampetaesche erkennen wir das französische
Jean Potage wieder.

Suppe, die man in aller Eile aus Allerlei für die
vorüberziehenden Gäste in den Tavernen braute.
In Frankreich herrscht gerade bei der Suppe
die größte Unterhaltung; man sagt, die Suppe
facht die Unterhaltung an.

Hippel meint: „Bei der Suppe soll nicht ge-
sprochen werden, und Suppe geschickt zu essen ist
schwer." Und in einem Komplimentierbüchlein
des 15. Jahrhunderts in einer Handschrift des
Klosters Bursfeld heißt es: „Die Suppe trink
nicht vom Teller, sondern iß sie mit dem Löffel,
und nicht laut wie ein Kalb schlürft, sondern leise
wie eine Jungfrau." Doch hat gerade wieder die
deutsche Sprache den Ausdruck Suppenplauderer
für Leute erfunden, die den Mantel stets und
überall nach dem Winde hängen. Folgende Be-
trachtungen stellte ein gastronomischer Aesthetiker ·
an: Der gebildete Mensch hat auch für jede
Schüssel ein anderes Benehmen bei Tische. Für
die Suppe gehört das Stillschweigen, für die
Assietten kurze Bemerkungen, abgerissene, aber
leicht faßliche Gedanken, bei dem Rindfleisch
Sentenzen und Aphorismen, klein geschnitten wie
Petersilie; bei den jungen Zugemüsen, da darf

das Herz schon mitreden, da kann man schon
artig und sogar verliebt sein; bei den Zugemüsen
beginnen die Schäferspiele der Tischfreunde, z. B.
bei jungen, grünen Erbsen kann man mit seiner
schönen Nachbarin von dem Frühlinge, von der
wiederkehrenden Natur, von dem Erwachen der
Liebe und der grünen Zugemüse reden, denn
grüne Erbsen sind die Hoffnungsboten der auf-
blühenden Empfindungen, grüne Erbsen sind die
ersten Elemente der Tafelschwärmereien, enfin,
grüne Erbsen bedeuten Thränen! Witzig
aber muß man nie sein, bevor der Nachbar oder
die Nachbarin eine halbe Flasche Champagner
getrunken haben.

Auch im Essen der Suppe unterscheiden sich
Engländer und Franzosen. Während es der Brite
für unanständig hält, die Spitze des Löffels in
den Mund zu stecken, sondern den kleinen See
von der Seite ausschlürft, ist gerade dies bei den
Franzosen mauvais ton, wie der Reiseschriftsteller
J. G. Kohl beobachtet und beschrieben.

Das Bild, „die Suppe ein kleiner See" erinnert mich an eine Anekdote, wonach das Meer
ein großer Teller Suppe ist. Ein zum erstenmal

im Meer Badender wird von einem Begleiter gewarnt, sich zu weit hinauszuwagen. „Ach was", erwiderte er, „hier am Strande ist mir das Wasser zu kalt". — „Aber glauben Sie denn, daß es wärmer ist, wenn Sie tiefer ins Meer schwimmen?" — „Natürlich! Die Suppe ist doch auch immer in der Nähe des Tellerrandes am kühlsten!"

In Pötzl's Humoreske „Der hypochonderische Gast" mißt derselbe die Suppentemperatur mit dem Thermometer.

Suppen soll man übrigens nicht zu heiß, aber auch nicht kühl, sondern warm genießen. Das heiße Suppenessen ist einer der ersten gastrono- mischen Fehler, den ich daher auch in einem Auf- satze „Ueber die Nachtheile des Suppenessens" an erster Stelle angegeben fand.

> „Suppe bald
> Sonst wird sie kalt."

lautet dagegen eine Mahnung.

Auch fand ich einen Küchenaphorismus, der da lautete: „Bei offiziellen Gastmahlen giebt es meist kalte Suppe, warmen Champagner, und was dazwischen liegt, ist meist lauwarm."

Doch ift gerade das Suppeneffen befonders
gefund und eine fchöne Apologie der Suppen
findet fich in Hufelands „Kunft, das menfchliche
Leben zu verlängern".
Vom Fleifch ift's nicht weit bis zur Suppe,
heißt es in den Hygienifchen Epifteln. Niemeyer
erklärt die Suppenefferei vom Standpunkte des
Ernährungsbedürfniffes aus für eine gefundheits=
widrige Täufchung des Magens. Den Genuß
gewiffer Suppen (z. B. der Roggenmehlfuppe,
beffer noch der Pumpernickelfuppe) als einzige
Mahlzeit des Morgens oder des Abends, alfo
zu einer Stunde, wo's nicht auf volle Sättigung
abgefeheu ift, läßt Niemeyer gelten; aber die
landesübliche Gewohnheit, die Hauptmahlzeit des
Tages mit einem „Löffel Suppe" zu eröffnen,
verwirft er unter Hinweis auf die Ausländer,
befonders die Engländer, welche die Suppe, wenn
fie ja einmal eine effen, hintendraufferen. „Jeder,
der einigermaßen felbftftändig auf fich achten ge=
lernt hat, wird's fchon erfahren haben, daß ihm
unter Umftänden die als erftes Gericht genoffene
Suppe den ganzen Appetit für die folgenden Ge=
richte geraubt hat. Kommt man gar, wenn man

auf Reisen ist, erhitzt an die Table d'hôte, so sollte man die Zumuthung des Kellners, nun erst noch eine heiße Brühe hinunterzulöffeln, als Attentat zurückweisen. Aber der deutsche Durchschnitts= mensch läßt sich's nun einmal nicht nehmen, es auch in der Fremde so zu halten, wie er's daheim gelernt hat, oder er geht von dem Grund= satze aus, daß er das, was er bezahlen muß, auch ohne Murren aufessen müsse! Die nächste Wirkung solcher Suppenlöfflerei äußert sich in Erschlaffung und Ausdehnung der Magenwand, wodurch allerdings das trügerische Gefühl der scheinbaren Sättigung hervorgerufen, nachher aber die Kraft der Bewegung zur Verarbeitung der festen Speisen geschwächt wird."

„Aber die Fleischbrühe (zu deutsch: Bouillon!) ist doch so nahrhaft; die Doktoren verordnen sie ja Kranken und Reconvalescenten als besonders stärkend," höre ich einwenden; „die muß der Niemeyer doch gelten lassen!" — So mögen Sie also wissen, Verehrteste, daß Niemeyer die Fleisch= brühe mir nichts, dir nichts als heißes, durst= machendes Salzwasser abthut. „Aber," läßt sich die tapfere Anwaltin der Fleischbrühe weiter ver=

nehmen, „der Niemeyer, der muß doch auch nicht
gerade alles allein verstehen."

Hören wir, was M. U. D^r. Gustav Custer
in seinem Werkchen „101 Winke und Wünsche
für die Gesundheit" sagt. Unter Nummer 64
heißt es daselbst:

„Die Fleischbrühe (Bouillon) allein ist, besondere
Zubereitungen ausgenommen, lange nicht so nahrhaft, wie man im Volk im Allgemeinen und wie
manche Köchin meint. Sie enthält wenig blut-
ersetzende Stoffe, ist zwar reich an Salzen, häufig
auch an Fettaugen, jedoch arm an Eiweißsubstan-
zen, welche für die Ernährung des Blutes und
der Organe am Wichtigsten sind.

Aber eine kräftige Fleischbrühe erregt durch
ganz besondere Auszüge aus dem Fleisch die Ge-
schmacks- und Magennerven, wie die Peitsche das
Pferd, vermehrt Eßlust, Magensaft und Verdauungs-
kraft — belebt Hirn und Nerven. In je feinere
Stücke Du das Fleisch zerschneidest und je lang-
samer Du es mit warmen Wasser ausziehst, um
so kräftiger, auch nährender wird die Fleischbrühe,
aber auch um so stoffarmer und gehaltloser das
Fleisch."

Noch eine Stimme gegen die Suppen erhebt
ein Dritter in einem Artikel: „Die Nachtheile des
Suppenessens" und beginnt mit den Worten: „Die
rührende Geschichte im Struwelpeter vom Suppen-
kaspar, der, weil er hartnäckig seine Suppe ver-
schmähte, elend zu Grunde ging, durfte nur auf
diese Weise enden, wenn der Dichter Gnade vor
den Augen der Lenkerinnen des Hauswesens zu
finden wünschte. Einer Hausfrau gegenüber
Kaspar's Suppenfeindschaft nicht ein böses Ende
nehmen zu lassen, würde als Ketzerei ausgelegt
worden sein und hätte den Struwelpeter als un-
moralisch und das kindliche Gemüt im Keime
vergiftend aus jeder Kinderstube verbannt. Wir
aber, die wir nicht für die Kinderstube schreiben,
dürfen es uns gestatten, offen zu bekennen, daß
wir von Suppen für gesunde Mägen und für
Kinder, die gezahnt haben, oder für Erwachsene,
die eigene oder künstliche Zähne besitzen, nichts
halten, daß wir sogar der Ansicht sind, sie übten,
zur unrechten Zeit und in unrechter Weise ge-
nossen, eine durchaus unerwünschte Wirkung aus."

Auch dem heißen Suppenessen wurde bereits
eine Anekdote, richtiger ein Kalauer, abgerungen.

„Sind Sie mufikalifch, mein Fräulein?" fragte bei Tifche ein überläftiger junger Mann feine Nachbarin, die eben eine fehr heiße Suppe aß. — „Ja, mein Herr," erwiderte die Gefragte, „ich blafe, wie Sie fehen, die Suppe."

Die Indianer fagen von einer heißen Suppe, fie habe viel Sommer.

„Sie ift fo heiß, wie die Suppe der Berg= heimer Table d'hôte" fagt man fprichwörtlich in Köln, was aus jener glücklichen Zeit datirt, in der noch eine Perfonenpoft zwifchen Köln und Jülich fuhr, die in Bergheim anhielt, wo die Paffagiere eine heiße Suppe erhielten.

Auch die Ruffen find Suppenfreunde und wir werden auch da Nationalfuppen begegnen. Schon aus dem bisher Erwähnten ift erfichtlich, welch' reiches Gebiet der Betrachtung eine Studie über die Suppe bietet und daß eine folche nicht nur vom culinarifchen und gaftronomifchen Stand= punkte, fondern auch fonft, befonders als kulturhi= ftorifches Thema fich recht intereffant geftalten kann.

Vor Allem ift die Suppe, unfere deutfche Brühe, eine flüffige Speife, der Gegenfatz von feften Speifen; eine Speife, doch aber wieder

kein Getränk, da sie ja mit dem größeren Löffel
gegessen und nicht getrunken wird. Sie ist flüssig,
wird bald mehr, bald minder sauce-(tunke-)artig:
so war z. B. die Jus genannte römische Suppe
mehr eine saucenartige Brühe zum Fleisch und
geht bisweilen in einem förmlichen Brei, Mus
u. dgl. auf; da ist die Grenze nahe, wo sie auf-
hört, Suppe zu sein.

Andererseits entspricht wieder eine ganz reine,
klare Suppe auch nicht dem eigentlichen Begriff
der Suppe, und unter „Bouillon", „Consommé"
u. dgl. versteht man heute mehr eine starke Suppe
gegenüber einer schwächeren, als eine klare, und
zum Mindesten kommt ein Ei und geschnittene
Semmel hinein.

So bilden Sauce, Mus, Brei, Purée, Gallerte
u. dgl. den Uebergang von der Suppe zur festen
Speise, und die Ambrosia war jedenfalls so eine
Art von Gallerte, leicht mit der Zunge zer-
drückbar.

Bei dieser gelegenheitlichen Erwähnung der
mythologischen Ambrosia sei gleich der Suppe in
der Sage gedacht.

So zeigt beispielsweise der Himmelstein im

Fichtelgebirge Mulden, worin der Sage nach sich die Riesen ihre Suppen kochten.

Als Tannhäuser ohne Absolution des Papstes wieder in den Venusberg zurückkehrte, kochte ihm Frau Venus in aller Eile vor Allem eine Suppe.

Im Märchen der „Flötenspieler im verwunschenen Schloß" kocht sich dieser eine Linsensuppe, bis die Geister durch den Kamin herabpoltern.

Nach Dr. Virgil Grohmann's „Aberglauben und Gebräuche aus Böhmen und Mähren" herrscht im Riesengebirge die Gepflogenheit, bei großem Sturmwind Mehl, Salz und Butter für die Melusine hinauszustreuen, wobei der Spruch gesagt wird:

„Wind, da hoste of a Seppla,
Gih hem un koch dirs ei am Teppla."

Im Suppenstrome des Schlaraffenlandes schwimmen gleich die Löffel zu derselben.

In einem nordischen Schiffsmärchen von J. C. Poestion geräth ein holländisches Schiff in des Kochs Riesensuppenkessel auf dem Riesenschiff Behann, wo es drei Wochen lang ein Spiel der Wellen war.

Aehnlich riesenhaft muß jene Suppenschüssel zu Brodignal gewesen sein, in welche Gulliver hineinfiel. In Flögl-Ebeling's Geschichte des Grotesk-Komischen enthält Tafel 40 das bezügliche Bild. Die Suppe dürfte wohl mit der Entdeckung und dem Gebrauch des Feuers in gleich hohem Alter stehen und es hat gewiß Suppen gegeben, die wir als prähistorische bezeichnen können. Die erste historisch berühmte Suppe ist wohl die schwarze Suppe der Spartaner, sie ist zu bekannt, als daß wir uns länger bei ihr aufhalten, der Name ge-nügt und auf unserem Menu steht noch eine stattliche Reihe von Suppen, die wir alle kosten müssen.

Grillparzer hat selbe in einem Epigramm „das Kraftdrama" tropisch angewendet:

„Unsere Dichter hassen das Gemüthlich-Schwache,
Das „Starke-Große" nur heißt ihre Puppe,
Sie wollen die Deutschen zu Spartanern machen,
Und kochen daher beständig „schwarze Suppe."*)

---

*) In einer andern Variante fand ich dieß Grill-parzer'sche Epigramm, betitelt:
Gervinus.
Die Deutschen Stämme, die gemüthlich schwachen,
Gilt's social-ästhetisch zu entpuppen.
Du willst sie, scheint es, zu Spartanern machen,
Und sorgst vorläufig drum für schwarze Suppen.

Ob aber die schwarze Suppe eine Trauersuppe gewesen, bezweifle ich. Es giebt aber Trauer-
und Leichensuppen und eine solche prangt an
der Spitze

Einer melancholischen Tafelkarte.

Trauersuppe.

Schwarze Fische mit schwermüthiger Sauce.

Rindfleisch in Flor.

Ragout mit Grillen.

Thränenbraten.

Schwarzwurzel-Salat.

Chocoladentorte mit bitterem Ueberguß.

Schwarze Kaffeesülze mit Lamento aus schwarzem
Holunder.

Gefrornes aus weinerlichen Citronen.

In einer gewissen Analogie zur schwarzen
Suppe der Spartaner stehen unsere beliebten
Wurstsuppen oder Metzelsuppen; ich muß hier
an Uhlands Metzelsuppenlied erinnern, welches
wenigstens theilweise Byrons Stelle:

„Ein Supp' als Brüh'
Ein Ding, das selten vorkommt in der Poesie"
entkräftet; ironisch sprichwörtlich angewendet: „so
klar wie Wurstbrüh"; dann die diversen Blutsuppen, besonders der Lappen, die Malejupsa,

eine aus Rennthierblut und Mehl zubereitete Suppe für den Winter, denn im Sommer bereiten die Lappen gewöhnlich eine andere Suppe aus Sauerampfer und anderen Kräutern mit Rennthiermilch.

Dies führt uns wieder zu den diversen Milch- und Schmettensuppen, auch weiße Suppen genannt, den Sauren-Rahmsuppen u. dgl. Heute pflegt man unter den in den Hôtels den braunen Suppen gegenübergestellten weißen Suppen nicht Milchsuppen zu verstehen.

Eine besondere Milchsuppe heißt z. B. auch Zigersuppe. Wenn nämlich die Milch zersetzt wird, so heißt man das milchichte Käsewasser, das sich aus der geronnenen Milch scheidet, Sirbe (Molke); der feste, gallertartige Stoff, der sich beim Kochen der Molke abscheidet, wird aber Ziger oder Zieger genannt und aus diesem in einigen Gegenden die darnach benannte Zigersuppe bereitet.

Am Abend des 10. November wird von den Maifeldern (an der Eifel) zu Ehren des heil. Martin ein großes Abendmahl gehalten, bei welchem die kalte Milch- und sogenannte Werksuppe

nicht fehlen darf. Für eine aus Wasser, Milch
und Mehl zusammengestoppelte Suppe fand ich
auch die Benennung „geflickte Suppe".

Von den böhmischen Milchsuppen ist vornehm-
lich die vom Sauerampfer grüngefärbte Hermelich
genannte saure Milchsuppe an der bayrischen
Grenze beliebt, hervorzuheben.*)

Auch die schwedische Race in den Lappmarken,
die bereits stark lapponisirt ist, kocht eine Blod-
soppa (Blutsuppe). Unsere Blutsuppen hängen
meist mit den Wurst- und Schweinsuppen zusammen; eine speziell böhmische Wurstsuppe ist
die trdlovka. In Steiermark, das die verschieden-
sten Suppen kocht, ist eine Klachelsuppe aus
zerhackten Schweinsfüßen beliebt, wegen ihres
säuerlichen Geschmackes auch „Katzeng'schroa"
(Katzenjammer) genannt. Eine andere beliebte
steirische Suppe aus zerhackten Fleischstücken heißt
auch „Verhakatsuppe".

Nun wollen wir es versuchen, noch einige
andere Kategorien von Suppen zusammenzustellen.

_____

*) Ferner die nach dem Vornamen Anna benamsete
Milchsuppe Anĕka und eine in Mähren übliche Suppe
aus saurer Milch mit Brod, lundák genannt.

Bouillon oder Consommé ist der technische Ausdruck der Kraftsuppen im Gegensatz zu den gewöhnlichen Fleischbrühen oder Suppen κατ' ἐξοχην, worunter die Rindsuppen die ersten sind. Unsere Köchinnen unterscheiden genau das Fleisch in Suppenfleisch und Tafelfleisch. In Frankreich unterscheidet man Bouillon gras und Bouillon maigre, letztere eine für Fasttage aus Suppenkräutern gekochte, also eigentlich eine Kräutersuppe. Das Meisterwerk französischer Kochkunst ist aber Bouillon de prime entsprechend dem Fleshla, dem englischen Muster der Brühen.*)

Wer kein Suppenfleisch kocht, muß die Kraft durch Knochenzugaben oder Liebigs Fleischextrakt ersetzen. Auch ist es gut, durch eine Messerspitze doppeltkohlensaures Natron dem Weichwerden des Fleisches nachzuhelfen.

Um besonders kräftige Suppen zu kochen, dienen die bekannten Papinischen Suppentöpfe. Das ausgekochte Suppenfleisch wird wohl noch verschieden zu verwenden sein, giebt aber nie mehr Tafelfleisch.

---

*) Hier ist auch die Frühlingskraftsuppe consomé printanier zu nennen.

Hippel hat Recht: Wer Fleiſch und die davon erpreßte Suppe ißt, der ißt den Kern und nach= her die Schale, genießt den Saft und hinterher die Hülſe.*)

Auch das Zomos oder Zomidium der Griechen war eine kräftige Suppe und Zomidin nannte man ehemals in der animaliſchen Chemie den Kraftbeſtandtheil des Fleiſches. Neben dem be= reits genannten ſauceartigen Jus der Römer iſt noch die eigentliche Suppe in unſerem Sinne die Lagana zu nennen. Auf dem Lateiniſch gehaltenen Menu eines antiken Frühſtücks, das vor einigen Jahren der artiſtiſche Club in Rom in den Cara= calla=Thermen für die ausſtellenden Künſtler arrangirte, ſtand nach den Gustatis, d. i. Aſſietten, Lagana die Suppe.

Beſondere Suppen aus beſonderen Fleiſch=

---

*) Dann hätte alſo Jener nicht Recht, der da ſagte: „Es geht nichts über eine gute Suppe, — wenn ein ge= höriges Stück Fleiſch darin iſt.“
Ein tſchechiſches Diktum lautet:
„Suppe — Grund
Fleiſch — Spund.“

Schranka, Suppe.   3

arten ift die englifche Oxtailsoup oder Ochfen=
fchwanzfuppe, von der ein Derslein fagt:

„Der Rathenower Speifezettel
Geht nicht ins Ausland auf den Bettel,
Wir find hier Deutfche voll und ganz,
Drum heißt die Suppe vom Ochfenfchwanz"

cock-a-leeky, eine englifche Art Bouillon aus
einem alten Hahn und die fchottifche Hammel=
bouillon oder Hotch-Potch genannt.

Eine gewöhnliche englifche Fleifchfuppe ift die
Brofe, fowie Potage, die gewöhnliche franzöfifche
Brühe und Batatulla, die fpanifche, ftark mit
Wurzeln gekochte, oder die gewöhnliche ungarifche
Suppe levesek.

Feinere und theuere Fleifchfuppen find die
Krebsfuppe, die ein Surrogat in der Maikäfer=
fuppe finden foll, die Schildkröten= oder Turtlesoup
und die Frofchfuppe.

Was man fo häufig „Mockturtle" nennen
hört, ift ebenfalls nur ein Surrogat, eine falfche,
imitirte Schildkrötenfuppe.

Don der echten Schildkrötenfuppe, aus der
fogenannten Suppenfchildkröte bereitet, koftet im
Café Anglais zu Paris die Portion 10 Francs.

Krebsfuppe nennt man auch im ironischen Sinne das am Schluß der Leipziger Meffe von den Buchhändlern veranstaltete Gastmahl, mit Bezug auf die nichtverkauften rückkommenden Bücher (Krebse).

Die Krebsfuppe, welche nebenbei bemerkt eine Faftenfuppe ist, führt auch den Namen potage bisques.

Ferner find die Geflügelfuppen, besonders die Hühnerfuppen zu nennen.

Ein altdeutsches Sprichwort fagt: „Alte Hennen geben fette Suppen", weßhalb ein alter Witzkopf die Anwesenheit vieler alter Damen in einer Gesellschaft mit den Worten schilderte, es seien lauter Suppenhühner da.

Hier vermag ich wieder eine Anekdote aus der Landpraxis eines Arztes einzuflechten.

Der Doktor frägt die Bauersfrau: „Was habt Ihr Eurem Mann zu essen gegeben?"

Bäuerin: „Nichts als Hühnerfuppe, die der Herr Doctor verordnet haben."

Doctor: „Ja, wie habt Ihr denn die Hühnerfuppe gemacht?"

3*

Bäuerin: „Zwei Hände voll Heublumen, a bisl Haber und dann an Löffel Mehl hab' ich auch noch dazu gethan, wie man halt für die jungen Henneln a Hühnersuppe macht; — g'schmeckt hat's ihm freilich net, aber 's sollt ja Hühnersuppe sein."

Auch mit einer märchenhaften Hühnersuppe vermag ich hier aufzuwarten. In Newada will man einer amerikanischen Zeitung zufolge eine heiße Quelle entdeckt haben, deren Wasser gehörig gewürzt die größtmögliche Aehnlichkeit mit Hühnersuppe hat; 3 Pfund Rindfleisch in diesem Wasser gekocht, ergeben eine Quantität Brühe gleich der von 12 Pfund in gewöhnlichem Wasser. Der Eigenthümer soll dort Badehäuser errichten. Die Kaiserin Poppaea Sabina badete in Eselsmilch, Jérôme, König von Westphalen, in Rothwein, aber der Luxus eines Bades in Hühnersuppe wäre doch das Neueste.

Unter den Geflügelsuppen ist die Vogelnester-suppe in China der seltenen Turtlesoup an die Seite zu stellen.

Man glaubte einmal, aber irrthümlicherweise, daß die Knochen der kraftgebende Bestandtheil der Fleischsuppen sind; so erklärte sich der Glaube von der Stärke der bekannten Rumford'schen Suppe, die ihren Namen nach ihrem Erfinder trägt. Ein Analogon dazu ist das eigenthümliche isländische Gericht Brienstring, eine Art Suppe aus Knochen und Knorpeln von Rindern und Schafen, sowie Gräten vom Dorsch in Molken gekocht.

Der geistreiche Börne, mit dessen Citat ich meine Studie begann, sagte einmal von dieser Rumfordsuppe: „Es wird als eine schöne Er-findung der Menschen gepriesen, daß man die Hunde um ihre Knochen betrogen, um daraus für die Armen Rumford'sche Suppe zu bereiten.“

Ich erinnere an Goethe's Wort von den „breiten Bettelsuppen“ und an den Wortleviathan, das Compositum:

„Ortsarmensuppenanstaltsgratisportions-
vertheilungsdeputatsvicevorsteher.“

Nach Friedrich Schlögl ist übrigens der Suppenbettler der richtige Supplikant.

Suppenanstalten sind gewöhnlich identisch mit Wärmeanstalten. Ich selbst erinnere mich, in einem kalten Mai, um mich zu wärmen, indeß ich im

freien Garten saß, eine Fischsuppe gegessen zu
haben. In Spanien heißen die armen Studenten
Suppenstudenten, und trugen früher einen Löffel
am Hut, als Zeichen ihres Anrechts auf eine
Gratissuppe.

Sonst taugen übrigens die Bettler- und Al-
mosensuppen, wie die Spital- und Klostersuppen,
die übrigens meistens der Klasse der Wassersuppen
angehören, nicht viel, was mich an die schwache,
sogenannte „blinde Suppe" erinnert, welche so
heißt, weil sie keine Augen (Fettaugen) hat. In
Ulm sagt man sprichwörtlich: „Dös is a Spital-
supp", um etwas Unbedeutendes zu bezeichnen.
Ein Sprichwort lautet auch: „Seine Suppen
haben weniger Augen als ein Pasch Würfel."
Derweilen wir nun ein wenig bei diesen blinden,
mageren Suppen, von welchen einst ein Gast
behauptete: „Herr Wirth, das ist aber heute
einmal eine stolze Suppe." „Nicht wahr, die
Suppe ist ausgezeichnet," meinte der Wirth.
Abermals antwortete der Gast: „Stolz, sehr stolz:
sie guckt mich mit keinem Auge an!"

Abraham a Santa Clara wünschte: „Eine
rechte Jungfrau soll sein und muß sein wie eine

Spitalſuppen, die hat nit viel Augen, alſo ſoll
auch ſie wenig umgaffen."

Da hat Demjan's Fiſchbrühe in den Original-
fabeln Jwan Krylow's, überſetzt von Ernſt
Berg, wieder viele Augen, von ihr heißt es:

> „Welch' ein Süppchen! Sieh das Fett darauf,
> Als ſchwämme Bernſtein obenauf!"

Um übrigens eine ſolche Suppe zu entfetten,
lege man ein Stück reines Löſchpapier auf die-
ſelbe. Beim Abnehmen des Papiers wird ſofort
jedes Fettauge verſchwunden ſein.

Uebrigens, „eine Suppe, auf der Fettaugen
ſchwimmen, iſt nicht immer eine kräftige Brühe,"
ſoll nach Wander der Abgeordnete Wantrup
in der Sitzung des preußiſchen Abgeordnetenhauſes
am 15. Dezember 1868 in ſeiner Rede geſagt
haben.

Als ein Biſchof einen Candidaten der Theo-
logie fragte, ob man mit Suppe taufen könne,
antwortete dieſer: „Hier muß man unterſcheiden:
die Biſchofsſuppe iſt gut zum Genießen, — doch
die der Cleriker taugt zum Begießen."

Wie ſchwach muß die letztere geweſen ſein!

An die Bettel-, blinde und Spitalsuppe reiht
sich die Sträflingssuppe, so heißt es in W. F.
Weber's Gedicht „Im Hinterhalt":

„Sie essen mit Thränen, verhöhnt vom Büttel
Die Züchtlingssuppe im Züchtlingskittel!"

Im Tschechischen heißt die Arrestantensuppe
chlupata polívkk, d. i. wörtlich haarige Suppe.

Noch eine Geschichte von einer schwachen
Suppe ist folgende: Ein Mollah erhielt einst
eine Gazelle von einem Jäger. Er lud Letzteren
ein und bewirthete ihn so gut, daß man von
der Schmauserei weit und breit sprach. Am
nächsten Tage kam ein Besuch: „Ich bin der
Bruder des Jägers, der Euch die Gazelle schickte."
Er wurde eingeladen und gut bewirthet. Bald
kam ein Zweiter und gab an, der Vetter des
Bruders des Jägers zu sein; auch dieser wurde
bewirthet. Als aber am dritten Tage mehrere
Fremde kamen und sich als Freunde des Vetters
des Bruders besagten Jägers ausgaben, der die
Gazelle geschickt, lächelte der Mollah, lud auch
sie freundlich ein, gab aber die Weisung, eine
sehr magere Suppe aus Wasser und wenig altem

Fett zu kochen. Die Geladenen kosteten. „Was
ist das für ein Teufelsgericht?" frugen sie ent-
setzt. Er aber antwortete: „Die Suppe schmeckt
Euch nicht? Sie ist aber doch der Freund des
Vetters des Bruders jener Suppe, die von dem
Fleisch der Gazelle gemacht war."

Als der Speisezettel des Pariser Grand-Hôtel
eine Potage Sarah Bernhardt, Letzterer zu Ehren,
verzeichnete, stand bald darauf, auf die bekannte
Magerkeit der Künstlerin anspielend, im Figaro:
„Wenn die Suppe wirklich echt ist, werden die
Gäste wohl nicht sehr fett davon werden können."
Einen Vortheil haben aber die mageren Suppen,
sie machen keine Fettflecke.

Schon der im 9. Jahrhundert lebende Histo-
riker Abu Obeidah al Mothamu aus Bagdad,
bekannt durch seine Geschichte „Der Araber vor
Mohammed", machte auf magere Suppen einen
Witz, denn als er einst geladen vom auftragen-
den Diener mit Suppe begossen wurde, und der
Gastgeber den vermeintlichen Schaden an der
Kleidung gut zu machen sich erbot, sagte der
Gelehrte: „Setzen Sie sich auf keinerlei Art in
Unkosten, denn Ihre Fleischbrühe fleckt nicht."

Im Vergleich und Gegenfatz zu solch' schwachen
Suppen ist ja noch des Mönchs Kieselsuppe
bejfer, von der folgender Schwank erzählt wird:
Ein hungriger Bettelmönch traf nur die Kinder
zu Hause an und kochte eine kräftige Suppe aus
Wasser und einer Handvoll Kieselsteine; freilich
ließ er sich dazu von den Kindern Salz, Brod,
Butter, Eier und allerhand Gemüse zusammen-
tragen. Die Kieselsuppe war ganz gut, ohne daß
die Kiesel weich geworden wären.

Bei den Czechen endlich siedet die heilige
Maneta Eier und giebt den Armen großmüthig
die Brühe.

Auch die Gasthoffuppen sind gewöhnlich nicht
die kräftigsten. Kommen mehr Gäfte, wird einfach
Wasser nachgegossen:

> „Zwölf sind geladen,
> Dreizehn sind gekommen
> Gieß Wasser auf die Suppe
> Und heiß' sie all' willkommen."

So beschrieb ein schlesischer Bauer die Zu-
bereitung der Gasthofbrühe in einer Eisenbahn-
Restauration folgender Weise: Es wird ein Pfund
Rindfleisch an das Küchenfenster so gehängt, daß

die Sonnenstrahlen durch das Fleisch in einen
großen, auf dem Herde befindlichen Kessel voll
Wasser geleitet werden, aus dem man dann die
Suppe schöpft.

Will man daher eine nur halbwegs kräftige
Gasthaussuppe haben, dann bestelle man lieber
gleich eine Bouillon, welche doch vielleicht die
Stärke einer schwächeren zu Hause gekochten gewöhnlichen Rindssuppe erreicht.

Da fällt mir eine Scene ein, die sich in einem
Irrenhause abspielte, in welchem sich die Narren
über die schwache Suppe beklagten. Um sich zu
überzeugen, inwieweit diese Anklage begründet
sei, begab sich der Doctor in die Küche, wo
gerade ein großer Kessel mit siedendem Wasser
über dem Feuer stand. Plötzlich trat einer der
Leidenden, die ihm gefolgt waren, ein großer
und starker Kerl, vor und sagte: „Wissen Sie,
Doctor, Sie sind so hübsch fett, Sie müßten eine
ausgezeichnete Fleischsuppe abgeben. Versuchen
wir es!" Die anderen Wahnsinnigen stimmten
dem Plane lebhaft bei, und man schickte sich eben
an, den Arzt in den Kessel zu werfen, als er mit
glücklicher Geistesgegenwart ausrief: „Halt, meine

Herren! Es ist ein ganz vorzüglicher Einfall von Ihnen, aber meine Kleider würden den ganzen Wohlgeschmack der Brühe verderben. Gestatten Sie, daß ich mich erst draußen auskleide." Die Bemerkung schien allen wohlbegründet und ungehindert konnte der Gefährdete die Küche verlassen.

Bei der Bouillon wäre schließlich auch der Bouillontafeln oder der Taschenbouillon, wie sie auch genannt wird, Erwähnung zu thun, sowie in neuerer Zeit des Liebig'schen Fleisch-extractes, erstere, aus nichts Anderem als Leim bestehend, als Nährmittel von einigem Werth, während letzterer als der wohlschmeckende Bestandtheil der Fleischbrühe täglich größere Bedeutung für die Küche gewinnt. Hierher gehört auch die Bouillonsuppe von Zeanin, von welchem zwei Theelöffel auf einen halben Liter kochender beliebiger Fleischbrühe genügen. Alles dies sind eigentlich nur condensirte Suppen.

Neben Liebig's Fleischextrakt sind auch Maggi's Suppenpräparate zu nennen.

> „Maggisuppen munden der Zunge,
> Stärken Alte und Junge.
> Passen für Herr und Gesinde
> Drum koch sie geschwinde."

An dritter Stelle rangirt Cibils Fleischextrakt,
an vierter Scheller's Suppenkräuteressenz.
Interessant ist auch das Verhalten der Vege-
tarianer oder Chalysianer zu den Fleischsuppen.
Wilhelm Ressel nennt sie Leichenwasser und
bewirthete mich mit Hafersuppe.
Von einem Vegetarianer dürften auch folgende
Verse herrühren:

„Von Suppen halt' Dich fern,
Wenn selbst Du ißt sie gern,
Nicht läßt sich Suppe kauen,
Drum auch nicht leicht verdauen.
Auch sollst Du Fleisch nicht essen,
Für immer Fleisch vergessen,
Denn Fleisch macht heißes Blut,
Und thut drum Keinem gut.
Am meisten zu verwerfen
Ist Fleisch bei schwachen Nerven,
Weil Fleisch sie schnell bewegt,
Sie reizt und leicht erregt."

Deßhalb hatte jener Hauptmann nicht Unrecht,
der einem Soldaten aus Strafe Wasser und Brod
diktirte, als er aber hörte, derselbe sei Vegetarianer,
seinen Befehl dahin abänderte, er solle drei Tage
Fleisch und Bouillon bekommen.

Eine besondere Gruppe der Fleischsuppen bilden auch die Fischsuppen.

Analog wie wir Suppen- und Tafelfleisch unterscheiden, werden zunächst für die Fischsuppen grätenreiche Fische verwendet, die sich für den Tisch nicht eignen würden.

Und sowie für eine Kraftsuppe die Fleisch- brühe die Grund- oder Stammsuppe bildet, so geben auch für besondere Fischsuppen sogenannte Fisch-Coulis die Stammsuppen ab, welche dann erst zu Fischsuppen verdünnt werden.

Schon die alten Römer besaßen eine solche an ihrem Garum, aus einer Makrele bereitet. Besonders ist der Scombro, auch der Barbone dazu geeignet. Mit dem Garum steht in Analogie die Londoner Worcestershire-Sauce und die be- rühmte ungarische Fischsuppe, das Halászlé, be- sonders aus Theißfischen bereitet. Diese unga- rische Fischsuppe möchte ich die Repräsentantin des Eklekticismus unter den Suppen nennen, denn bis sieben Sorten verschiedener Fische werden zum Halászlé verwendet. Für unsere Fischsuppen eignen sich am besten Karpfen und Hechte.

Auch von Fischen lassen sich, wie vom Fleische, die sogenannten durchgetriebenen Suppen machen.

Eine besondere Fischsuppe ist auch das neu-englische Chowder (sprich Tschauder), eine in ganz Neu-England übliche Fischsuppe, welche die Fischer in Neufundland erfanden und auf den Festland eingeführt haben, und Pimentade heißt eine starke mit spanischem Pfeffer gewürzte Fisch-suppe in Holländisch-Guyana.

Auch die Lappländer haben eine besondere Fischsuppe, die sogenannte Linda, zu welcher mehr oder weniger Fische verwendet werden. Wenn diese verkocht sind, wird Mehl mit feingestampfter Käserinde oder Grütze und Renthiertalg hinzu-gefügt.

Von den russischen Fischsuppen muß ich den Rassol nennen, eine aus dem delicaten Sterlet bereitete Fischsuppe mit gesalzenen Gurken und langgeschnittenen Wurzeln, worin aus Mehl und Caviar gemachte Klöße schwimmen. Auch die Ucha ist eine russische Fischsuppe, zu welcher das Fleisch der Fische ganz fein verrieben wird.

Nach der Geschichte des Tafelluxus vom Prof. L. Friedländer erschien bei den 1791 von

Potemkin in Petersburg gegebenen Bällen stets eine Fischsuppe im Werth von 1000 Rubeln in einem 300 Pfund schweren Silbergefäß. Aber das XXXI. Kapitel des I. Bandes in „Onkel Zebra" von E. M. Oettinger erzählt sogar von einer Sterletsuppe um 10.000 Rubel. Das kam so: Die große Katharina lud sich einst bei Potemkin plötzlich zum Abend auf eine Sterletsuppe ein. Nun war aber gerade zur Zeit kein Sterlet aufzutreiben, und nur aus besonderer Gefälligkeit überließ ein Kaufmann dem Minister einige Fische, wofür er sich ein Gemälde der Madonna von Andreas del Sarto ausbedungen, das der Fürst und Liebling Katharinas kurz zuvor um 10.000 Rubel erstanden.

Ich habe diese Geschichte auch in folgenden Versen eingekleidet gefunden:

„Fürst Potemkin mit seiner Sterletsuppe
Ragt aus der Gastronomen reicherer Gruppe
Gleich wie ein kühner Obelisk hervor.
Begrüßet mit Triumph und stolzem Jubel
Den Mann, der zehnmal tausend Rubel
Für eine Sterletsuppe sich erkor."

Da war dann die Suppe à la Camerani, die zu Anfang dieses Jahrhunderts von dem Schau=

ſpieler Camerani erfunden wurde und von welcher
eine Portion für zwei Perſonen 60 Franken koſtete,
wie Robert Habs, der Ueberſetzer der Phyſiologie
des Geſchmacks von Brillat-Savarin, in einer
Anmerkung erzählt, doch immer noch billiger. Er
betrachtet ſie als das Non plus ultra der Suppen
und das Rezept dazu ſoll ſich im zweiten Jahr-
gang von Grimod de la Regnières Almanach
des Gourmands befinden. Habs ſcheint von der
Suppe Potemkins nichts gewußt zu haben.

Die Hamburger kennen auch eine Aalſuppe.

Gelegentlich der theuren Suppen wollen wir
auch ein Wort über die Suppenmaſſen verlieren,
welche wohl ſchon einen Ocean füllen würden.
Bei der letzten großen Abfütterung der franzöſiſchen Bürgermeiſter in Paris ſollen 2800 Liter
Suppe gebraucht worden ſein.

Bisher haben wir, was das Hauptingredienz
anbelangt, Fleiſch- und Fiſchſuppen (letztere als
Faſtenſuppen, wozu auch Krebsſuppen gerechnet
werden dürfen), Milch- und Waſſerſuppen genannt. Neben dieſen ſind noch die Bier- und
Weinſuppen, ſowie die bereits erwähnten Obſt-
ſuppen zu nennen.

Schon das Mittellatein kennt die Biersuppe als „jus e cerevisia coctum" und in dem Kräu-terbuch des Jacob Theodor Cabernamon-tanus (Frankfurt a. M. 1625) finden sich schon unter „Alten Bierkünsten" mancherlei Rezepte zu kräftigen Biersuppen. In früherer Zeit waren aber die Biersuppen auch gebräuchlicher als heute, ja sie ersetzten oder waren richtiger die Vorgänger des heute allgemein gebräuchlichen Kaffees.

In vielen Gegenden wird der Kaffee sogar die süße Suppe genannt, könnte man das Bier selbst nicht die bittere nennen? Friedrich der Große, ein Gegner des Kaffees, der sich immermehr einbürgerte, wünschte, man möge wieder zur ehe-maligen Biersuppe zurückkehren. Hören wir seine eigenen Worte, die er unter eine von vielen Bürgern eingereichte Beschwerde über die von ihm eingesetzte hohe Kaffeesteuer schrieb, welche mit den Worten schloß: „Uebrigens sind Seine Königliche Majestät hochselbst in der Jugend mit Biersuppe erzogen worden, mithin können die Leute ebensogut mit Biersuppe erzogen werden. Das ist viel gesunder wie der Kaffee." Und auch heute, wo noch Biersuppen gegessen werden,

erscheinen sie nicht so sehr am Mittagstisch, sondern zumeist beim Frühstück und etwa am
Abendtisch.

Die Bierkaltschalen, kalte Biersuppen wollen
wir ausscheiden, so die russische Batwinja aus
Kwas, denn ihnen fehlt das Charakteristikum der
Suppe. Ein Analogon dazu sind der polnische
Chlodnik und die russische Okroschka.

Neben den englischen, eigentlichen Biersuppen
sei aber besonders des Caudle gedacht, einer in
England sehr gebräuchlichen Kraftsuppe für Kranke,
die man aus versüßtem Haferschleim mit Ale und
Porter, aber auch mit Wein bereitet.

Auch die französische Küche kennt eigentliche
Biersuppen und zwar eine Soupe à la bière und
eine Suppe à la bière à la Polonaise.

Bekannt sind die diversen böhmischen Biersuppen, von denen ich besonders eine ihres originellen Namens wegen speciell nennen will.

Eine besondere Biersuppe mit Brod heißt
nämlich „grammatika" (Grammatik), weil sie für
Studenten und geistig beschäftigte Leute besser
ist, als für solche, die körperliche Anstrengungen
haben.

Nach böhmischen Rezepten eignen sich auch
besser weiße als dunkle Biere zu Biersuppen.
Die deutsche Küche verwendet auch dunkle Biere,
sonst würde sie nicht eine bestimmte Suppe speciell
als Weißbiersuppe bezeichnen. In Webers großem
Universallexikon der Kochkunst wird eine stattliche
Reihe von Biersuppen aufgezählt und dennoch
fehlt daselbst so manche.

Unter die besonderen Biersuppen gehört auch
als Nationalsuppe das Öllebrö, eine dänische
Bierbrodsuppe.

Eine Stelle aus Brants Narrenschiff gehört
hierher:

> „Die Biersupper ich dazu mein,
> Da einer trinkt ein Tunn allein."

Von den Wassersuppen ist der Uebergang
sehr nahe zu den Gemüse- und Kräutersuppen.
Der französische Terminus dafür ist Julienne
auch Jardinière. Wohl kömmt auch in die Fleisch
suppen Gemüse, das sogenannte Suppengemüse
besonders der später zu erwähnende Schnittlin
und hier muß ich der Erfindung des Erfurter
Kunstgärtners F. C. Heinemann gedenken, näm
lich seiner Suppenkräutersäule, deren Beschreibun

und Abbildung Nr. 22. der W. Jll. Ztg. v. 1888 Seite 527 brachte. Doch in den Kräutersuppen sind eben die diversen Kräuter das Hauptelement. Auch diese werden zumeist als Fastensuppen gegessen. Eine vornehmere Kräutersuppe ist die Spargelsuppe.

Spargel- und Krebswasser sind immer ein guter Zuguß zu Suppen, meint Jda v. Gern. Der Kräutersuppen giebt es abermals eine große Zahl von Arten, darunter wieder die Wurzelsuppen, z. B. die Kerbelsuppe, die Gemüsesuppen, die Leguminosensuppen 2c. rangiren. Auch eine besondere Frühlingskräutersuppe ist zu nennen.

Besondere Kräutersuppen sind ferner die Oukrop-(Suppe) der Czechen, eine Art Zwiebelsuppe, besonders aber die nationale, berühmte russische Kohlsuppe oder der „Schtschi", der soweit gekocht und gegessen wird, als der russische Name geht. Tagtäglich findet er sich in der Schüssel der Armen, sowie neben den feinsten Ragouts und Pasteten auf den Tafeln der Reichen. Als einem Rheinbauer ein Zwiebelkarren von der Fähre ins Wasser fiel, rief er aus: „Das ist die größte Zwiebelsuppe, die ich je gesehen habe."

Auch der Selleriesuppe sei namentlich gedacht,
von welcher ein Epigramm sagt:

„Jawohl, mich ißt wohl Jeder gern,
Das will ich nicht verhehlen —
Besonders bin den alten Herrn
Ich bestens zu empfehlen."

„Weder eine politische, noch eine moralische
Revolution war bis jetzt im Stande, den Schtschi
von der russischen Tafel zu verdrängen," „Der
Russen Muskeln, Nerven und Knochen sind eigentlich nur eine Abstraction von Schtschi, sagt J. G.
Kohl in seinem Werke: „Petersburg in Bildern
und Skizzen".

Die Zubereitung ist eine sehr verschiedene;
es giebt zunächst so viele Arten des Schtschi, als
es Kohlvarietäten giebt. Das Hauptrezept ist:
Gehackter weißer Kohl, sechs bis acht Köpfe,
$\frac{1}{2}$ Pfund Mehl, Graupen, $\frac{1}{4}$ Pfund Butter,
eine Handvoll Salz und 2 Pfund Schaffleisch.
Dazu ein paar Kannen Kwas, des bierähnlichen
russischen Getränkes. Wird statt Butter Oel ge-
nommen, so entsteht der Posdnoi-Schtschi, der
Fasten-Schtschi und dürfte da wohl das Schaffleisch ausfallen müssen.

Weitere, andere Abarten sind der Sänivoi-
Schtschi, der Solonnoi-Schtschi, der grüne Schtschi ꝛc.
Ueberhaupt pflegt man Kohl-, Gemüse- und Kräu-
tersuppen auch grüne Suppen zu nennen.
Auch bei anderen flavischen Nationen tritt
die Kohlsuppe auf, so ist z. B. der kleinrussische
Borschtsch auch nichts Anderes, als nur eine
Varietät vom russischen Schtschi. Kohl stellt die
Proportion auf: „Unter den Suppen ist der
Borschtsch dem Schtschi in demselben Grade ver-
wandt, wie unter den Völkern die Kleinrussen den
Russen." Bei den Litthauen heißt der Borschtsch
— Barscht. Eine andere wichtige Verwandte des
Schtschi ist die ebenfalls berühmte russische Bot-
winje, die Sommersuppe gegenüber dem Schtschi
als Wintersuppe. Sie enthält dieselben Ingre-
dienzien, die dieser warm hat, nur kalt. In
Rußland herrscht überhaupt die Eigenthümlich-
keit, daß jedem warmen Gericht oder Getränk
ein kaltes Gegenstück entspricht. So ist das Gegenstück des kalten Kwas (analog unserem Bier)
der heiße Sbiten. Schließlich sei bemerkt, daß
die Russen so ziemlich für jede Jahreszeit eigene
Suppen, überhaupt eine eigene Speisekarte haben.

Unter den Kräuter-, Wurzel- und Gemüsesuppen sind, als den Kohlsuppen zunächst ver-
wandt, die Krautsuppen zu nennen, in deren
erster Reihe die ungarische anzuführen ist; sie
heißt Korhelleves, d. i. Lumpensuppe.

Gewisse Kräuter- oder grüne Suppen werden
in besonderen Gegenden an bestimmten Tagen
gegessen, so in Hamburg und Altona, ebenso wie
in Antwerpen eine Suppe aus siebenerlei Kräutern
am grünen Donnerstag, weßhalb derselbe auch
Soppendonderdag heißt. Auch in Niederösterreich
kocht man eine Siebenkräutersuppe.

Dann sind hierher die verschiedenen Schwamm-
suppen, besonders Morchelsuppe zu rechnen; ferner
die Erbsen- (auch Linsen-) Suppe und von den
feineren die Karfiol- und Spargelsuppe. Die
Schüler der großen Londoner Armenschule, die
für Alles ihre Specialausdrücke haben, nennen
die Erbsensuppe statt „peasoup" — „mess".

Ein dichter Nebel wird in London auch Erbsen-
suppennebel genannt.

In Freiburg wurde den Männern, welche
Leichenwache hielten, um Mitternacht eine Erbsen-
suppe gereicht.

Ob Esau's Linsengericht nicht auch eine dicke Linsensuppe war?

Eine historische Erbsensuppe mit Schweinsohren war auch jene, welche der Mönch Küchenmeister Dietrich Kagelivid Karl IV., dem Lützelberger im Kloster vorsetzte. Da ihm der Abt eine gute Suppe zu kochen befahl, aber verbot, ein Schwein zu schlachten, so schnitt er sämmtlichen lebenden Schweinen die Ohren ab.

Endlich erinnere ich auch an eine die Erbsen-suppe als Leibgericht behandelnde Humoreske von Albert Clar.

Die Graupensuppe, die französische Crême d'orge, welche einem eine Zeit lang modischen eigenen Getränk, dem „Gerstel", die Entstehung gegeben, Sagosuppe, eine speciell dänische heißt Welling u. s. w. gehören auch hierher, obwohl Graupen, Reis, Sago und dergleichen einerseits, wie verschiedene aus Mehl bereitete Dinge (ge-riebener Teig, Klöschen, Nudeln, Zweckerln, Fleckeln u. s. w.), (die sogenannten Teigsuppen) auch in Rindfleischsuppen gegeben werden. Dieser Suppen nach dem, was hineingegeben wird, giebt es eine Legion. Die Leguminosen und Suppen-

einlagen, sowie die Suppenkräuter und Suppen-
kräuteressenzen vermöchten ein eigenes Kapitel
zu bilden. Auch blos Brod oder Semmel wird ge-
nommen; so in norddeutschen Gegenden die Suppe
mit Plokken (Brodstücken), von der das Dictum
sagt, da mehrere aus einer Schüssel löffeln: „Eis
einen un eis Neinen." Ist Brod ein Hauptingredienz und die Suppe eine Wassersuppe, so
entsteht die eigentliche Brodsuppe, auch die Bettel-
mannssuppe. Eine feinere Brod- oder Semmel-
suppe ist die Panadelsuppe.

Ein sparsamer preußischer König ließ aus den
von der Tafel abgetragenen Brodstücken öfters
für den anderen Tag Suppenklöschen machen.
Als er aber einst bemerkte, wie ein zur Tafel
geladener General seinen Zahnstocher an seinem
Brode abstrich, flüsterte er dem Diener zu:
„Morgen keine Suppenklöschen!"

Eine beliebte Suppeneinlage sind die Nudeln.
Schon ein alter Petersburger Küchenzettel aus
dem 12. Jahrhundert führt eine „Hanfsuppe mit
Stricken" (zusammengedrehten Nudeln) an. In
die Suppe gehören aber haarfeine Nudeln —

aber keine Haare. Ein Gast, der in einem un-
reinen Gastlocale speiste, antwortete der ihn be-
dienenden Kellnerin auf ihre Frage, was sie von
ihm zum Namensfeste erhalte, er habe sich aus
ihren Haaren, die er in der Suppe vorgefunden
und gesammelt, zum Andenken eine Haarkette
machen lassen und versprach ihr einen Zopf.

Und ein anderer Gast meinte: „Die Suppe
schmeckt ganz gut, doch da ich Chemiker bin, so
fragen Sie doch die Köchin, ob sie nicht ein
Fläschchen meiner Haarkonservirungstinctur brau-
chen will, welche das Ausfallen der Haare ver-
hindert?"

Hierher gehört auch die Anekdote, nach welcher
ein Wirth einem Gaste, der ein schwarzes Haar
in der Suppe fand, sagte: „Ich werde mir doch
wegen Ihnen keine Blondine halten", und eine
Köchin, welcher der Herr die Ausstellung machte,
er habe wieder ein Haar in der Suppe gefunden,
entschuldigte sich mit den Worten: „S' ist nur
von der Gnädigen, gnä Herr!"

In einem launigen Gedichtchen, das dasselbe
Thema behandelt, heißt es:

„Von den schönen, langen Haaren,
Die ich in der Suppe finde,
Möcht' ich mir ein Sträußlein binden,
Zur Erinnerung aufbewahren.

—————————————

Aus den Haaren stellt mir her
'ne Perrücke der Friseur."

Andererseits schnitt sich ein galanter Ver-
liebter die Haare seiner Angebeteten statt Schnittling in die Suppe.

Der Suppenschnittling wurde auch vom Sprichwort aufgenommen.

„Er ist Schnittling auf allen Suppen" von
einer Person, die sich überall eindrängt oder im
oberösterreichischen Dialect: „A is a Schnidl 'on
jede Suppe." Die Petersilie heißt geradezu
Soppenkrůt.

Der Aristokraten unter den Nudeln müssen
wir noch gedenken, der hohlen Maccaroni. Es
giebt deren in Italien mehrerlei Gattungen, so
auch viereckige Cagnarini, regenwurmartige Ver-
micelli u. v. a. selbst ganz dünne, welche nicht
hohl sind, ein Maccaroni-Teig (pasta), der ähnlich
unseren Fleckeln in der Form von Sternchen, Buch-

ſtaben, Ringen ausgepreßt wird und beſonders
in die weiße Suppe, die ministra bianca kommt.
Oettingers Onkel Zebra I. Bd. XXXII. Kap.
handelt ſpeziell von den Maccaronis, 'recte macche-
'roni' und ſoll wieder Dr. K. A. Mayer's Werke
„Neapel und die Neapolitaner" entnommen ſein.
Sowie die Engländer bei uns Puddingeſſer
heißen, werden die Neapolitaner von den Ita·
lienern maniamaccheroni (Maccaronieſſer) genannt.
Die italieniſche Etymologie leitet die Bezeichnung
maccaroni von dem griechiſchen μαχαριος (glück·
lich) ab.
    Siehe auch meine Etymologiſchen Curioſitäten
III. Kap. I. Bd. meines „Neuen Demokrit".
    Eine andere Nudelſuppe mit beſonders großen
Nudeln wird Lasani genannt. Auch die Fritatter-
ſuppe gehört unter die Nudelſuppen, ſowie die
papēda.
    Endlich iſt auch die ſogenannte veverka der
böhmiſchen Küche eine Rindfleiſchſuppe mit Nudeln.
    Dies führt uns auf die Mehl· und Einbrenn·
ſuppen. Da fällt mir ein intereſſantes, aber
weniger appetitliches Curioſum einer Einbrenn·
ſuppe ein. Der in Preßburg in Penſion lebende

Oberstlieutenant von Ze—ly erzählte, daß er bei der Belagerung von Kalafat unter Joseph II. im Lager einige Tage trotz theurem Geld keine Suppe erhalten konnte. Endlich bereitete ihm ein Unterofficier eine Einbrennsuppe, die dem halb Ausgehungerten ziemlich mundete. Auf die Frage nach der Möglichkeit, dieselbe zuzubereiten, antwortete der dienstbeflissene Soldat: „Ich hatte noch etwas Pomade und Haarpuder, um die „Einbrenn" zu machen."

Endlich last not least die Kartoffelsuppen! Im Böhmerwald führen die Erdäpfel geradezu das epitheton die suppenwürzenden Erpfel.

Richtig, des mitunter suppenbreiartigen jüdischen Scholet habe ich noch nicht gedacht.

Da manche Suppen (dicke Suppen im Gegensatz zur sogenannten leeren Suppe) ganze Fleisch-einlagen enthalten, so giebt es Suppen, die man nicht nur löffelt, zu denen man auch Messer und Gabel servirt.

So haben wir jetzt eine ganze Reihe von Suppen besprochen, theils vom nationalen Eintheilungsgrunde aus, theils nach dem Hauptingredienz, aus dem sie bereitet sind.

Einige tragen sogar Personennamen. Jch nenne nur Potage à la d'Artagnan, Potage à la Vefour (nach einem berühmten Pariser Hôtel) und Potage à la Chesterfield, nach dem Schriftsteller. Antonin Carême, der Tacitus der Küche, wie ihn Ed. M. Oettinger nannte, hat die schönsten Suppen, die er erfunden, mit erlauchten Namen getauft. Jhm verdanken wir die potages Condé, Buffon, Broussais, die potages Boieldieu, Dumesnel und Lamartine und um gerecht zu sein, gab er einer seiner feinsten Suppen den Namen Victor Hugo.

Die Russen haben eine Sulakoff-Suppe.

Hierher gehören auch eine Kaisersuppe, eine Königinsuppe, Prinzensuppe, Cardinalsuppe u. a. m.

Wieder andere heißen nach der Gelegenheit, wenn sie gegessen werden, Wöchnerinnen-, Gevatter-, Leichen-, Fest- und Fastensuppen. Umgekehrt hat Hans Lengsfeld 1477 sich den Beinamen „Buttersuppe" erworben.

Nach dem nationalen Element giebt es nicht nur französische, polnische u. s. w. Suppen, sondern man spricht auch auf Menus geradezu von französischer Suppe, englischer Suppe, italienischer Suppe u. a. m.

So kennt Webers Univerfal-Lexikon der Koch-
kunft auch eine deutfche Suppe und eine Suppe
à la Espagnole (eine Rebhühnerfuppe mit Linfen).
Sprichwörtlich verfteht man unter wälfcher
Suppe, auch fpanifchem Süpplein foviel wie Gift
und unter fchwäbifcher Suppe jene mit viel Brühe
und wenig Brocken. Man fagt auch fpöttifch,
„ein fchwäbifches Suppenmahl", weil oft drei
Suppen nacheinander kommen; folche Suppenliebhaber find die Schwaben.

Und wie man vom Suppenfchwaben fpricht,
nennt man die Welfchnöfener in Tyrol fpottweife
Schuffarührer, von der bei ihnen beliebten Mais-
fuppe oder Schuffa.

Endlich nach einzelnen Städten, Brünner Suppe
und eine Suppe à la Solferino.

Auch beftimmten Farben find wir begegnet,
fo weißer Suppe bei den Milchfuppen, der fchwarzen
Suppe bei den Spartanern, der grünen Suppe,
wie die Kräuterfuppe auch genannt wird. Der
gewöhnlichen Suppe als weißer gegenüber fteht
eine braune Suppe, durch gebräuntes Gemüfe
dunkler gefärbt. Befonders Safran pflegt der
Suppe fchöne Farbe zu geben, er war daher ein

beliebter Suppenfarbstoff. Sogar von einer „gelben Suppe" spricht man in der Redensart „zur gelben Suppe gehen"; so lautet nämlich die alte Bezeichnung des alljährlichen Gastmahles der Dresdener und Leipziger Stadtverordneten. Hier ist aber nur scherzweise die einzelne Suppe für das ganze Gastmahl gesetzt, sowie bei der genannten Krebsensuppe der Leipziger Meßbuchhändler. Bei der gelben Suppe muß auch die goldene Suppe genannt werden, welche der Herzog von Guiche täglich aß und sein Koch aus geröstetem Brod, weißem Wein, Zucker und Eidottern erfunden hatte. Obwohl Weinsuppe scheint sie doch mehr eine Eiersuppe par excellence gewesen zu sein; daher die Goldfarbe. Und unter rother Suppe wird schließlich oft das Blut verstanden, sprichwörtlich in einzelnen Gegenden gebraucht. Hier ist auch der passendste Ort, der politischen Teufelssuppe zu gedenken.

Grimmelshausen in seinem ewig währenden Kalender giebt dazu das Rezept: „Ich wünschte, die kaiserlichen Söldner würden in Milchsuppe verwandelt und die Schweden zu Brocken darein, und der Teufel möchte das Ganze aufessen."

Schranka, Suppe.   5

Was die statistische Ziffer der Suppen anbelangt, so ist sie Legion; man schlage nur die Koch-
buchliteratur und die verschiedenen Hausfrauen-
Zeitungen nach.

Max Rumpolt tritt im Jahre 1581 mit 63
Suppen auf, das Nürnberger Kochbuch von 1691
bringt bereits eine Anleitung zu 117 verschiedenen
Suppen, wird aber von dem 1717 zu Augsburg
erschienenen schon wieder übertroffen, das 281
Fleisch- und 136 Fastensuppen anführt — so schrieb
ein Culturhistoriker — er vermochte noch zu
zählen — wir vermögen es heute nicht mehr.

Am besten wäre es, die Suppenlegion in
einem Suppenlexikon zu überblicken.

Ich lasse nun noch eine kleine Reihe von
Suppen folgen, welche ich einer beabsichtigten
Sammlung spezieller Speisekarten und Menüs zu
besonderen festlichen Gelegenheiten entnehme, wo-
runter manche historische, andere auch humoristische
Geltung besitzen, z. B. das Menu des Diners
aus Anlaß der goldenen Hochzeit des Deutschen
Kaiserpaares am 11. Juni 1879 eröffnete eine
Potage printanier à la Reine und ein Consommé
à la Médicis.

Das Gala-Diner im Ceremonienſaale der Hof-
burg zu Wien am 9. Mai 1881 begann mit einer
Potage à la reine, aber beim Diner zur Doppel-
feier der ſilbernen Hochzeit des Großherzogs und
der Großherzogin von Baden und der Vermählung
der Prinzeſſin Victoria von Baden mit dem Kron-
prinzen von Schweden am 20. September 1881
erſchienen zuerſt Consommé d'Orléans und Potage
gentilhomme (Edelmannsſuppe) auf der Tafel.

Eine ſolche kulinariſch-hiſtoriſche Sammlung
wäre nicht unintereſſant.

Aparter ſind aber folgende, aus humoriſtiſch
gehaltenen Menus herausgehobene Suppen. So
begann die Tafelzeitung des Feſtmahls beim 16.
Journaliſtentag in Eiſenach: „Kräftig anregender
Leitartikel: Juliennesuppe;" ein deutſcher Küchenzettel bei einem Feſtmahl des Vereins für Thü-
ringiſche Geſchichte und Alterthumskunde, auch
in Eiſenach: „Landgrafenſuppe, ſchon am Hofe
Hermann I. beliebt"; eine humoriſtiſche Speiſekarte in Form eines Muſikprogramms: „Marche
aus Gottfried de Bouillon"; ein Eßturnier des
Deutſchen Schachbundes in Nürnberg: „Eröffnung:
Zertrümmerte Variantenſuppe, eingebrockt vom

5*

Problemkoch"; und ein Kegelfesteſſen eines Kegel-
klubs in Berlin ſchrieb auf das Me-na-nu: „Stamm I.
Bullen-Fliegenwegwedelungsorgan zur Suppe ver-
arbeitet" (jedenfalls Ochſenſchwanzſuppe gemeint).
Ein artilleriſtiſches Menu gelegentlich einer Jubi-
läumsfeier der preußiſchen Artillerie in Berlin
nannte ſich im Jargon der Kanoniere: „Knabber-
ſcheibe" und begann: „Erſter Schuß: Lafetten-
ſchwanzſuppe mit Sprengſtücken, und bei einem
Bankett des rheiniſch-weſtphäliſchen Feuerwehr-
verbandes in Barmen wurde eine feurige Speiſekarte vertheilt, welche eine „Flammenſuppe mit
Feuerwerkskörpern" aufwies. U. ſ. w. Geiſt mit
Witz gepaart vermögen unſere Sammlung zu be-
reichern.

Zum Schluß nur noch zwei gut erfundene
Piecen. Bei einem Menu einer wunderſchönen
Rebekka Lilienthal mit einem reichen Itzig Löwen-
ſohn beſtand die Suppe aus „Fleiſchbrühe von
den ſieben fetten Kühen des Joſef" und ein
Colonial-Menu eröffnete eine „Kroko-Dillſuppe",
wie der „Ulk" meldete. Freilich tritt der witzige
Eſprit in allen dieſen Fällen eklatanter zu Tage,
wenn man die ganzen Speiſekarten citirt.

Die Kochkunſtſprache kennt bei der Suppe mehrere -iren unter ihren terminis technicis ſo reduciren = verkochen bis zu gewiſſer Dicke.

klarificiren = klären,

legiren = eine Suppe mit Eigelb, welches mit Rahm, Milch und Waſſer ver· rührt worden, verbinden

passiren = durchſeihen.

Endlich heißt Liaison die Verbindung der Suppe mit Eigelb, alſo eine legirte Suppe.

Mehrmals ſind wir ſchon im Verlaufe dieſer Studie an geeigneten Orten Suppenſprichwörtern, Redensarten und Wendungen, ſowie Phraſen be· gegnet, deren Motiv die Suppe iſt; es ſeien der Vollſtändigkeit halber hier noch einige zuſammen· getragen, um nicht die an die 200 in Wanders Sprichwörterlexikon enthaltenen Dicta hier citiren zu müſſen; ich verweiſe auf die Quelle; hier nur die wichtigſten:

„Wer die Suppe bläſt, verbrennt ſich nicht.“

„Die Suppe iſt verſalzen, die Köchin iſt ver· liebt“ (auch für die Suppe im Aberglauben ver· wendbar.)

Die Czechen sagen von einer versalzenen Suppe
Zamilovana polivka, d. h. verliebte Suppe.
„Die Suppe anbrennen" für etwas verderben.
„Viele Köche versalzen die Suppe."
Deßhalb sind die Herren mehr für die Kö-
chinnen, wobei mir der Vierzeiler einfällt:

> „Oft brummt der Pessimist mit Fug
> Die Suppe ist versalzen genug;
> Der Optimist, der schnalzt vergnüglich:
> Ja, unser Salz, das salzt vorzüglich."

Ein spanisches Sprichwort endlich sagt: „Gelehrte Frauen und versalzene Suppen sind un-
genießbar."

Mir fällt auch der Stoßseufzer eines Jung-
gesellen ein:

> „Wer nie versalz'ne Suppen aß.
> Wer nie vor lederzähen Klößen
> Und halbverbrannten Schnitzeln saß,
> Vor dem will ich mein Haupt entblößen,
> Ihn fragen froh und freudiglich:
> „Wo speisen Sie denn eigentlich?"

Ferner die Anekdote von Jwan Turgenjeff,
der die Frage „Wer ist reicher?" folgendermaßen
beantwortete: „Rühmt man in meiner Gegen-

wart den reichen Rothschild, der von seinen un-
geheuren Einkünften Tausende für die Erziehung
armer Kinder, für die Pflege von Greisen opfert
— so bin ich gerührt und preise ihn. Aber,
indem ich ihn rühme und gerührt bin, kommt
mir unwillkürlich eine arme Bauernfamilie in den
Sinn, die ein Waisenkind, eine arme Verwandte,
in ihre zerrüttete, elende Hütte aufnahm. „Wir
wollen die Käthe zu uns nehmen," sagte das
Weib, „es kostet uns zwar unseren letzten Groschen;
wir werden nicht einmal Salz haben, um unsere
Suppe zu salzen..." „Nun, dann essen wir sie
ungesalzen," antwortete der Bauer, ihr Mann. —
Bis zu diesem Bauer heran reicht Rothschild noch
lange nicht!"

Solch unbedeutendes Ding, wie das Suppen-
salz kann weittragende Folgen haben und obwohl
das Versalzen einer Suppe ihr geringster Fehler
ist, so kann andernfalls das Nachsalzen für einen
ehrgeizigen Küchenmeister die größte Beleidi-
gung sein.

Ein Beispiel:

Louis Eustache Ude, von Geburt Franzose,
war, wie er in seinem Werke: „Der französische

Koch", der Nachwelt berichtet, „Koch des unglück-
lichen Ludwig XVI. von Frankreich, später des
Grafen von Sefton und zuletzt Haushofmeister
des Herzogs von York". Wie hoch er seine
Kunst anschlug, läßt sich daraus entnehmen, daß
er den Dienst des Grafen von Sefton verließ,
lediglich weil dessen ältester Sohn, Lord Molyreux,
die Suppe nachgesalzen.

Denn wenn auch eine zu wenig gesalzene
Suppe ein geringerer Fehler ist, als eine über-
salzene, indem man den Fehler durch Nachsalzen
gut machen kann, so ist es doch nicht mehr dasselbe, als wenn das Salz mit verkocht wurde.
Darum sagt man in Meiningen von einer unge-
salzenen Suppe: „Die Suppe schmeckt bi a tudter
Jüd."

Ein anderer, nicht minder unangenehmer
Suppenfehler ist das Angebranntsein der Suppe.

Zwei Sprichwörter bezeichnen eine ange-
brannte Suppe:

„De Supp is na Branborg fuert" und

„Die Suppe ist nach Rauchhausen,"
beide mit geographisch-humoristischen Anspielungen.

„Alter Speck macht fette Suppen."

„In eine böse Suppe kommen."

„Es ist ihm nur eine Morgensuppe" d. h. etwas Leichtes.

„In der Brühe sitzen."

„Wer lange suppt, lange huppt".

„Ein alter Hahn giebt kräftige Suppe" mit Bezug auf erfahrene alte Leute.

„Die Suppe einbrocken" u. s. w. u. s. w.

Das letzte Dictum kommt auch bei Schiller im „Fiesco" V. 7 vor: „Daß Ihr's wißt, Schurken, ich war der Mann, der diese Suppe einbrockte."

W. Huschal meint in einem Aphorismus: „Wo man uns die Suppe längst verschüttet, wird sie uns eingebrockt."

„Er ist ein Suppenschwabe", sagt man von Jemand, der gerne Suppen ißt.

Schon ein alter Spruch lautet:

„Wenn der Däne verliert seine Grütz,
Der Franzmann den Wein,
Der Schwab die Suppe
Und der Deutsche das Bier,
Sind sie verloren alle vier."

„Suppenschmied" ist die scherzweise Bezeichnung eines Koches in Mecklenburg.

Ebenſo nennt man die Welſchofener in Tyrol
ſpottweiſe „Schuffarücrer" von der bei ihnen beliebten Maisſuppe oder Schuffa.

Die „Prügelſuppe" hat ſo Mancher ſchon
verkoſten müſſen, und was man in manchen
deutſchen Gegenden unter „Grogelſuppe" verſteht,
iſt nicht gut hochdeutſch in der Schriftſprache
wiederzugeben.

Solcher beſonderer ſprichwörtlicher Suppen
giebt es noch viele, z. B. die Raſſelſuppe für
„Schelte bekommen", ſowie eine Haderſuppe. Auch
der Ruſſe fragt: „Warteſt Du auf eine Kohlſuppe" d. h. auf Schelte? Ebenſo wird im
Czechiſchen für Schimpfworte drskova polívka
geſagt, d. h. wörtlich Kuttelfleckſuppe, aber da
drska auch die ordinäre Bezeichnung für ein
grobes, rohes Maul, ſo erklärt ſich das Sprichwort.

In dieſe Serie tropiſcher Suppen gehört auch
die Hanfſuppe. Eine Hanfſuppe eſſen heißt ſoviel
wie gehenkt werden.

Und wie oft werden Revoltenſuppen gekocht.

„Die Glücksſuppe iſt am beſten, die man ſich
ſelbſt kocht."

„Gnadenſuppe iſt nicht für einen jeden
Magen."

„Er wird eine Brummſuppe bekommen," ſagt
man in Schleſien von Einem, der mit einer Frei-
heitsſtrafe bedroht iſt.

Wem wurde nicht ſchon zuweilen eine „Ge-
duldsbrühe" vorgeſetzt?

Don Mecheln, dem belgiſchen Rom, wird
geſagt, daß ſeine Bewohner ſehr dumm wären,
und ſo zirkulirt das Wort: „Er iſt mit Mecheln'-
ſcher Brühe begoſſen" für einen dummen Menſchen.

Einen kleinen Hut nennt man ſcherzweiſe
einen „Suppenteller".

Auch als Titel für ganz andere Literatur-
erzeugniſſe diente bereits die Suppe. So bringt
uns H. Prambhofer Anfangs des vorigen Jahrhunderts ein „ungeſalzenes, ungeſchmalzenes, doch
wohlgeſchmackes Kirchtag-Süppel, beſtehend in
34 köſtlichen Speiſen i. e. Kirchweyh-Predigen.

Die Franzoſen ſagen zur Bezeichnung ſehr
ferner Derwandtſchaft: „Aus vielen Suppen ein
Löffel."

Dazu finden ſich folgende Analoga beim ver-
gleichenden Sprichwörterſtudium; ſo

in Oberösterreich:

„Aus der neunten Suppe ein Schnidl";

in Solothurn:

„Er isch us der sibede Suppe — n — es Tünkli";

(Hier wäre also die Verwandschaft schon um zwei Grade näher) und

in Samland:

„Er ist die zehnte Suppe vom Pastinak".

Man beachte die Progression der Zahlen 7 — 9 — 10!

Und so giebt es noch mancherlei Sprüche und Vergleiche.

Interessant ist auch die Mahnung zur oder gleich nach der Suppe nicht zu trinken. „In die Suppe trinke nicht!" sagt ein deutscher Spruch, der seine Parallelen im französischen:

„Qui boit après son potage, se procure du dommage"

und im englischen:

„If you drink in your pottage, youwill cough in your grave"

besitzt.

Ja, der Volksglaube behauptet sogar: „Wer bei der Suppe trinkt, muß im Grabe husten."

Nach Braun's Bibliothek des Frohsinns, Bd. III, Heft 5, Nr. 192 hat der berühmte englische Schauspieler Wilks, auf diesen Aberglauben, denselben persiflirend, folgende Anekdote aufgebaut: „Er konnte einst, als er rollentodt auf der Bühne lag, den Husten nicht unterdrücken, worüber das Publikum in Gelächter ausbrach. Da richtete sich der beliebte Künstler mit dem Kopfe auf und sagte: „Nun trifft ein, was mir meine Mutter prophezeit, daß ich noch im Grabe husten werde, weil ich bei der Suppe zu trinken pflegte." Reicher Applaus belohnte den schlagfertigen, geistesgegenwärtigen Mimen."

Man spricht bildlich von den Hefen- und Grundsuppen einer Sprache.

So vergleicht E. M. Oettinger in einem gastronomisch-literarischen Speisezettel Wolfgang Menzel mit einer Bouillon, Leopold Schefer mit einer Brodsuppe, Ludwig Tieck mit einer Schildkrötensuppe und Rudolf Marggraff und seinen Bruder Hermann mit einer Nudelsuppe mit Parmesankäse.

Ein schönes Wort Benzel-Sternau's lautet: „Wird die Bücherkost nicht mit der Fleischbrühe des eigenen Nachdenkens angerichtet, so ist es lose Kost, wenngleich oft schwerfällig genug." Louise Eran hat auf der Suppe sogar ein Gesellschaftsspiel aufgebaut; es heißt die Suppe: Die Spielenden setzen sich um einen Tisch, auf dessen Mitte ein Teller steht, auf dem Stücke Papier liegen, eines weniger als es Spielende giebt. Diese Papiere müssen leicht und lose auf dem Teller liegen — etwa abgerissene Stücken einer Zeitung — sodaß sie leicht erfaßt werden können.

Einer aus der Gesellschaft beginnt eine Er= zählung. Etwa so:

„Es war einmal ein König und eine Königin, die lebten herrlich und in Freuden. Sie besaßen ein großes, blühendes Reich und wurden von ihren Unterthanen angebetet. Eines Tages, da sie bei der Mittagsmahlzeit saßen und der König eben einen Löffel voll Suppe" . . . .

Bei dem Wort Suppe unterbricht sich der Erzähler und ergreift hastig ein Stück Papier aus dem dastehenden Teller. Die anderen alle thun ein gleiches. Derjenige, der zu spät kommt und kein Stück mehr findet, muß die Erzählung fortsetzen, bis auch er das Wort Suppe wieder anzubringen weiß und dann von dem abgelöst wird, der diesmal leer ausgeht. Wer sich nicht rasch zu fassen weiß und eine Pause entstehen läßt, muß ein Pfand zahlen.

Natürlich entsteht auf diese Weise eine höchst unsinnige Erzählung, bei der es aber viel zu lachen giebt.

Mathias Corvinus pflegte zu sagen, er scheue nichts so sehr wie eine gewärmte Suppe, einen versöhnten Feind und ein bärtiges Weib.

Von Arthur Schnitzler rührt aber der Aphorismus her:

„Die Einen leben — wie man Champagner hinunterstürzt; Andere — wie man eine Suppe ißt, — löffelweise.“

Die Suppe mag auch D. Haek im Sinne gehabt haben, als er seinen einfachen und doch ebenso tiefen als wahren Gedanken niederschrieb: „Die Gleichheit mag es dahin bringen, daß alle Menschen aus einer Schüssel essen, aber niemals, daß alle aus einem Buche lesen.“

Nicht vergessen darf ich auch Heine's Stelle:

„Im hungrigen Magen Eingang finden
Nur Suppenlogik mit Knödelgründen,
Nur Argumente von Rinderbraten,
Begleitet mit Göttinger Wurst-Zitaten."

In der Poesie haben wir die Suppe schon des Oefteren gestreift. Schon bei Hans Sachs finden sich Suppenstellen, ich erinnere an die Komödie: „Der Ketzermeister mit den vielen Kesselsuppen"; manches Volkslied in „Des Knaben Wunderhorn" streift die Suppe. Auch in Rückert's bekanntem Gedicht „vom Bäumchen das spazieren ging" wird selbes zuletzt gefällt und

„Das größte Scheit von Allen
Ist uns vor's Haus gefallen,

— — — — — — — —

Das soll die ganze Wochen
Uns unsre Suppe kochen."

u. s. w. u. s. w.

Die Suppe in der Malerei, hier erinnere ich an das Bild „Klostersuppe" und an das Genrebild von G. Jgler „Bei der Suppe", wie ein kleiner Junge, wie der Suppenkasper im Struwelpeter

feine Suppe nicht essen will und widerwillig dazu
gezwungen wird.

Endlich sei noch der Verbindung „Suppe und
stille Musik" gedacht in folgendem, köstlich witzigen
Dialog:

„Wat hast'n heute Mittag gespissen?"

„„Suppe, dat überliche war stille Musik.""

„Wat is denn det?"

„„Zaddrich Flêsch un Knochen; uf'n zadd-
richen Flêsch da geigt man, un uf'n Knochen
spielt man de Flöte.""

Doch kehren wir zu den Suppen-Klassikern
zurück.

Außer Schiller haben noch andere Klassiker
und Schriftsteller sich der Suppe besonders zu
passenden Vergleichen bedient.

So sagt Lessing an einer Stelle, wo er über
das Beurtheilen einer Sache spricht: „Wer auch
keine Suppe kochen kann, schmeckt doch, ob sie
versalzen ist."

Unter des bereits zweimal genannten Börne
„Aphorismen und Fragmenten" befindet sich eine
Stelle:

„Die öffentliche Meinung· ist ein See, und man behandelt sie wie eine Suppe. Verrückte Köche stehen vor ihr — der eine wirft Salz hinein, der andere Zucker, ein dritter hebt mit dem Schaumlöffel die Blasen ab, ein vierter bläst, daß ihn die Backen schmerzen, ein fünfter will sie aufessen, ein sechster sie dem Haushund vor- setzen, ein siebenter sie ins Spülfaß schütten; wahrhaftig, die Kinder auf der Gasse werden euch noch auslachen."

Ich glaube nicht zu irren, Börne muß ein besonderer Suppenliebhaber gewesen sein, da er gar so gerne und oft von der Suppe spricht. So sagt er z. B. ein viertesmal: „Continental- suppen werden mit Quellwasser gesalzen."

Auch William Makepeace Thackeray muß ein Suppenfreund gewesen sein, denn in seinem Roman „Der Jahrmarkt des Lebens" findet sich das Wort Suppe nahezu so oft, wie bei Sacher-Masoch der „Pelz", bei Ohorn das Beiwort „grau" und bei E. M. Vacano die „Zähne".

Der auch mehrmals zitirte J. G. Kohl sagt unter seinen Aphorismen: „Erstlingswerke geist-

reicher Schriftsteller gleichen den sogenannten
französischen Suppen, d. h. die einzelnen Ingre-
dienzien schmecken gut und charakterisiren den
originellen Kompositionsversuch eines begabten
Koches, aber das Ganze würde wohlschmeckender
sein, wenn es einfacher und verkochter wäre."
Ich möchte die literarische Ausbeute mit
der originellen Stelle des stets launigen Heine
schließen:

> „Ich wollte, meine Lieder,
> Das wären Erbsen klein,
> Ich kocht' 'ne Erbsensuppe,
> Die sollte köstlich sein."

Abgesehen von dem in diesen Versen enthaltenen Selbstbewußtsein ist der Vergleich nichts
weniger als poetisch. Das durfte sich ein Heine
erlauben.

Würde heute ein Musensohn ein derartiges
Gedicht einer Redaktion einsenden, ich bin gewiß,
diese Stelle im Briefkasten an den Pranger ge-
stellt zu sehen mit den refusirenden sarkastischen
Worten:

„N. N. in P. Wir empfehlen Ihnen das
Kochbuch der Frau X."

6*

Auch ich habe mit dieſer meiner Studie eine
Suppe gebraut, eine franzöſiſche Suppe hoffentlich
nicht im Sinne Kohls.

Ich hoffe, daß Sie mich nicht mit Goethe's
Recenſent tadeln:

„Die Supp' hätt' können gewürzter ſein.“

Mag ich auch ein ſchlechter Koch ſein, ich
habe mich bemüht, die beſten Zuthaten, oder wie
. der terminus technicus lautet Jngredienzien, zu-
ſammenzutragen.